岭南风土丛书

广府风俗歌谣

林维迪 著

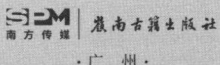

广南古籍出版社
·广州·

图书在版编目（CIP）数据

广府风俗歌谣 / 林维迪著. -- 广州：岭南古籍出版社, 2025.1. --（岭南风土丛书）. -- ISBN 978-7-80775-013-0

Ⅰ. I276.265.1

中国国家版本馆 CIP 数据核字第 2024Y135N9 号

GUANGFU FENGSU GEYAO

广府风俗歌谣

林维迪　著

出　版　人：肖风华

项目策划：柏　峰
项目统筹：张贤明　唐金英
责任编辑：唐金英
封面设计：友间文化
责任技编：周星奎

出版发行：岭南古籍出版社
地　　址：广州市越秀区恤孤院路12号（邮政编码：510080）
电　　话：（020）87776449（总编室）　（020）87774479（售书热线）
印　　刷：广东鹏腾宇文化创新有限公司
开　　本：787 mm×1092 mm　1/32
印　　张：6.375　　字　　数：127千
版　　次：2025年1月第1版
印　　次：2025年1月第1次印刷
定　　价：36.00元

版权所有　翻印必究

如发现印装质量问题，影响阅读，请与出版社（020-87778643）联系调换。

序
"粤俗好歌"与南国风谣

广州是一座古老而美丽的城市,建城至今已有2200多年的历史。它北靠五岭,南临伶仃洋,"众水汇于前,群峰拥于后",据有水陆交通之便。真正是地灵人杰,民淳俗美。

所谓近山则犷,近水则柔,广州是犷悍与柔情兼而有之,形成了许多具有强烈地方特色的多姿多彩的民俗文化。根据史料记载,以粤歌和粤调为例,其曲目繁多,粤歌有拦门、坐堂、送花、打糖梅、采茶、踏月、抛吊、跳禾、师童以及秧歌、月歌、踏歌、歌仔等;粤调有摸鱼歌、咸水歌、瞽者小唱、龙舟、粤讴等。此外,还有板眼、南音、喊歌、童谣,婚俗歌中的开叹情、题四句、闹房歌等。至于小调、小唱、劳动号子诸歌种,更是数不胜数了。

由此可见，历代的广州城都是"粤"的中心，就广义而论也是"粤"文化的发源地和传播点。它吸收了粤各地的土著文化而又影响了粤各地的俗文化，从而形成了广州独特的俗文化和俗文学。

以歌传情，以歌言情，广州城的歌声满城，这也是广州民俗文化的表现，"粤俗好歌"成为历代闻名遐迩的特色。这些市井之曲、街巷之歌的传唱，从各个方面反映了以广州为中心的珠江三角洲地区的乡土人情、世俗风貌，比如传统节日、婚俗、丧俗和社会的交际、交易习俗等。

但是，由于历史原因，许多广州"风俗韵文"已经失传，或濒于湮没。基于这样的情况，目前对这些"风俗韵文"作搜集和整理，意在保存资料和提出问题，以引起行家和广大读者的注意，还是有其意义的。本书实在是一块砖，不够的和错误的地方在所难免，以索玉言指正。

目录

一 伴你成长的童谣 / 1

1 摇篮曲 / 3
2 启蒙歌谣 / 5
3 游戏歌谣 / 12
4 家庭社会歌谣 / 16
5 鸦片战争童谣 / 28

二 五花八门的小唱 / 31

1 小唱的起源 / 32
2 歌仔 / 33
3 唱卖 / 39
4 唱数 / 49
5 唱码 / 50

三 龙舟舟，出街游 / 55

1　龙舟歌的创制者 / 56
2　《缫丝女自叹》 / 60
3　《屎坑公叹五更》 / 64
4　新风味的《菜篮歌》 / 66
5　社会龙舟 / 68

四 情意绵绵的咸水歌 / 75

1　咸水歌的由来 / 77
2　文人改作的咸水歌 / 79
3　接近原型的咸水歌 / 80
4　本色咸水歌 / 86
5　对唱与独唱 / 89

五 形形色色的婚俗歌 / 99

1　喜事临门，歌声不绝 / 100
2　哭嫁歌——开叹情 / 103
3　贺婚歌——题四句 / 114
4　新房歌——闹房歌 / 117

六 呼天抢地的喊歌 / 121

1 长歌当哭 / 122
2 自由的节律 / 124
3 职业喊歌人 / 127
4 拆字名 / 130
5 酒白 / 132

七 广州竹枝词 / 135

1 名家竹枝词 / 136
2 羊城竹枝词 / 140
3 风景·风情·风俗 / 143
4 讽喻与针规 / 154

附 《粤讴》(节录) / 159

一 伴你成长的童谣

童谣的历史非常悠久，远在帝尧时代就已经出现，此后历代均有记载。从史书上看，童谣常与当时的重大事件相关，带有预兆性，如隋唐之交流行的童谣"杨花落，李花开"，就被认为是预言杨隋王朝的没落与李唐王朝的兴起。

流行于珠江三角洲地区的，主要是用广府话传唱的广州童谣。它反映现实，常常抒发民众的心声，吐露民众的喜悦和怨恨，尤其反映旧时代妇女的呼声，对儿童往往起着启蒙教育的作用。

1 摇篮曲

可以这样说,旧日的儿童大都是伴随童谣的吟唱声成长的。还在襁褓的时候,他们就在摇篮里,在母亲的怀抱里,听她轻轻地哼着这样的歌谣:

> 嗳①姑②乖,嗳大姑仔嫁后街。
> 后街有啲③乜野④买,
> 有啲鲜鱼鲜肉买。
> 鲜花戴,戴唔哂,
> 丢落床头畀⑤个老鼠拉,
> 一拉拉到去大新街⑥。
> 大新街有啲乜野买,
> 有啲鲜鱼鲜肉买。
> 鲜花戴,戴唔哂……

---

① 嗳:象声词。
② 姑:小姑娘,泛指婴孩。
③ 啲:的。
④ 乜野:什么东西。
⑤ 畀:给。
⑥ 大新街:路名。

或者这样唱：

嗳姑乖，嗳姑大，
嗳姑大嚟嫁后街。
后街又有鲜鱼鲜肉卖，又有鲜花戴，
戴唔哂，丢落床头被老鼠拉，
拉去大新街。
大新街有人打醮，
跪落床头攞饭焦，
攞到饭焦又冇哂。
买鱼买肉买只大虾公，
虾公跌落镬。
仔爷仔乸搣①虾壳，
搣到箵箕零一大镬。
虾壳头似竹壳，虾尾似木鳘。

如果小孩子不想睡觉的时候，这样唱：

嗳姑乖，嗳姑眠，
嗳姑唔眠大觉先。
先得阿姑一身藤条痕，
眼泪唔干又去眠。

---

① 搣：剥。

等到小孩子学走路的时候,妈妈牵着他的手又这样吟唱着:

行,行,行,
行到街边执①个橙,
橙好食,路好行。

小孩子有时任性,哭喊起来,童谣又这样唱:

秋蝉喊,荔枝熟;
阿婆喊,买猪肉;
大人喊,畀滚水渌;
细蚊仔②喊,畀米升焗。

2 启蒙歌谣

随着小孩子一天天地长大,他对外界的接触日渐增多,各种内容的童谣,也从各个不同的角度对儿童进行认识周围世界的启蒙教育。

---

① 执:捡,拾。
② 细蚊仔:即小孩子。

首先是模仿各种动物的叫声：

一更天，想睡眠，
昨晚妈妈闻乜叫？
蚊子叫，蚊子怎样叫？
蚊子嗡嗡、嗡嗡、嗡嗡叫，嗡嗡叫，嗡嗡叫。
二更天，想睡眠，
昨晚妈妈闻乜叫？
老鼠叫，老鼠怎样叫？
老鼠吱吱、吱吱、吱吱叫，吱吱叫，吱吱叫。
三更天，想睡眠，
昨晚妈妈闻乜叫？
猫儿叫，猫儿怎样叫？
猫儿咪咪、咪咪、咪咪叫，咪咪叫，咪咪叫。
四更天，想睡眠，
昨晚妈妈闻乜叫？
狗仔叫，狗仔怎样叫？
狗仔汪汪、汪汪、汪汪叫，汪汪叫，汪汪叫。
五更天，想睡眠，
昨晚妈妈闻乜叫？
公鸡叫，公鸡怎样叫？
公鸡喔喔、喔喔、喔喔叫，喔喔叫，喔喔叫。

还有说明各种事物特征的：

月光光，照地堂。
年卅晚，摘槟榔。
槟榔香，摘子姜。
子姜辣，买苦达①。
苦达苦，买猪肚。
猪肚肥，买牛皮。
牛皮薄，买菱角。
菱角尖，买马鞭。
马鞭长，起屋梁。
屋梁高，买张刀。
刀切菜，买箩盖。
箩盖圆，买只船。
船沉底，浸死两个番鬼仔，
一个蒲②头，一个沉底。

认识各种植物的：

西园菱角两头尖，
莲子落塘摆八仙；

---

① 苦达：苦瓜的别名。
② 蒲：浮。

八仙摆开珍珠粒,
行下直落绣球桥;
金橘转红又转绿,
龙眼变青又变黄;
慈姑半夜坐歌基,
坐到三更出告示;
龙眼过园采荔枝,
点着灯笼随处照,
照见槟榔树上挂珠帘。
前晚三更生个桂子,
昨晚落床拾个荔枝;
荔枝叫,叫沙梨,
香橼指手闹黄皮;
黄皮又闹朱砂桔,
吓得油柑碌①满地,
吓得西瓜落水泥;
白榄听闻无地企,
风栗闻到又退皮;
芊婆拍手只咿呀笑,
碌柚②扲③头我唔知。

---

① 碌:滚动。
② 碌柚:柚子。
③ 扲:扭动。

丰子恺《手分炒豆教歌吟》

或者吟唱这样一首：

家、家、家，去买瓜；
冬瓜有瓤，食黄糖；
黄糖有沙，食西瓜；
西瓜有核，食菩达；
菩达甘，食人参；
人参贵，食糯米；
糯米平，食到你瘦仔变肥仔。

介绍认识家禽家畜的：

姑丈担凳孩儿坐，
孩儿坐落就劏鸡。

鸡会在门前喔喔啼,不如劏只鸭;

鸭又嫌鸭毛多,不如劏只鹅;

鹅又嫌鹅颈长,不如劏只羊;

羊又嫌羊脚叉,不如劏只马;

马会送君出圩头,不如劏只牛;

牛会耕田养人口,不如劏只狗;

狗会东西方有人嚟都知,不如劏只大猫儿;

猫儿又会捉老鼠,不如劏只大肥猪;

肥猪会食主人三斗禄,主人食佢三嚿肥猪肉。

介绍认识各种昆虫的:

一只歌仔甚新鲜,
灶虾甲由契同年;
又共蜘蛛借线络,
又共蟮蟧①借盒添;
舂米公公担盒过,
又问蟮蟧担去边②;
塘尾③自谢开盒睇,
睇见鱼鳞共饭黏。

---

① 蟮蟧:蜘蛛。
② 边:哪里。
③ 塘尾:蜻蜓。

介绍认识各种水族的：

唱歌仔，好歌音，
唱出鱼歌笑吟吟；
白鱼仔，要去嫁，
苹婆鱼仔同佢做媒人；
鲫鱼来到门口问，
问佢因何想嫁鲲；
你想嫁鲲真容易，
快请大眼鱼共你择日辰；
择得明朝好日，你做新人；
鳊鱼咿喔担台椅，
蛤蟆跳来喜欣欣；
长嘴金鱼唔会喊，
鱼喊到眼边红；
鲩鱼听见来饮酒，
泥鳅扁嘴吹横笛；
生鱼打鼓向前行，
鲸鱼蠢钝不知闻。

从以上所列举的童谣看，它的内容绝大多数都是儿童周围的事物。从身旁的事物开始幼儿的启蒙教育，不但考虑到教育对象的年龄特征，而且具有一定的现实性和科学性。

3 游戏歌谣

广州童谣除了供单纯吟唱外,有些是游戏中的儿歌。比如:

排排坐,食果果;
猪拉柴,狗烧火;
猫儿担凳姑婆坐,
坐烂屎窟①咪②赖③我。

又:

锞莲子,锞莲塘,
锞开莲子爱何方。
何方何别处,东方东别来。
九月九,齐齐竖起手,
请个雷公来劈金花手银花手!

---

① 屎窟:屁股。
② 咪:不,不要。
③ 赖:硬说,推说。

游戏是这样玩的：小孩子坐成一行，或者坐成一个圆圈，先选出一个人做游戏的主持人。凡参加游戏的人都唱歌儿，唱一个字，由主持者顺次点一个人，直至唱到最后一个字，点到谁谁就要受罚。罚的方式是多种多样的：有被罚出来做主持的，有被罚出来表演一个节目的，有被罚出来停玩一次的，也有被罚出来猜"谁走过"的。

19世纪通草画《儿童游戏》

猜"谁走过"是游戏中的游戏，被罚的人要蒙上眼睛，在他面前走过临时扮演的小偷、盲人、哑巴、跛手、跛脚、冇牙婆等；走过一个猜一次，一直到猜中时受罚才终止。在玩这个游戏时，除了被罚者、公证人、扮演者外，其余小孩则在整个游戏过程中唱着这样的一首童谣：

月光月白，鼠摸①伦萝卜。

---

① 鼠摸：即小偷。

盲公睇见,哑佬喊贼,
跛手打锣,跛脚追贼,
跛仔捉到,冇牙婆咬他两啖。

在各种游戏中,有各种广州童谣的吟唱:

点脚冰冰,男在南山;
鲤鱼虾公,牛蹄马蹄;
是但①缩埋一只烂臭猪蹄。

又:

点猫猫,猫婆窦,
问你捉猪又捉牛?
捉到黄牛三百两,球揣球;
开花点豉油,一人夹住好行开。

又:

点至崩崩,崩崩在东;
鲤鱼下涌,猪骨鱼肋,
肋肋鱼腮,时时缩埋一只脚仔。

---

① 是但:随便。

丰子恺《儿童游戏图》

这些都是在集体游戏时吟唱的。此外,还有的是母亲和孩子两个人玩耍时唱的:

点虫虫,虫虫飞,
飞去荔枝基;
荔枝熟,冇埞①仆②,
仆去阿X③个鼻鵙!

---

① 冇埞:没有地方。
② 仆:蹲伏。
③ X:可代入孩子的名字。

4 家庭社会歌谣

童谣的内容是非常丰富的，它为儿童打开了客观世界之窗，不但有助于儿童认识周遭事物的名称、性质和习性，而且有许多还饱含着人们深刻的思想感情：有的表达父母祈望、儿女私情、家庭情趣，有的表达妇女呼声、人间冷暖、御外悲歌等。在这些通俗传唱的儿歌里跳动着时代的脉搏。

在种种人际关系中，最基本的是父母与子女的关系。父母养儿育女，百般辛劳，自然会产生对儿女的期望：

> 鸡公仔，尾高高；
> 养儿养女唔好咁心粗，
> 心肝唔好唔记得父母嘅功劳。

有些童谣描写父母的心情更加具体：

> 金灯盏，银灯芯，
> 点归房内照新人。
> 今年娶个新心抱①，

---

① 心抱：媳妇。

明年生个状元君；
外祖阿婆真架势，
十埕黄酒九笼鸡；
有个姨娘好手势，
绣条裲带十分威；
绣出两边牡丹藏月桂，
双凤朝阳映日葵。

旧时广州官员的家庭生活

儿女长大成人，男娶女嫁是自然而然的事情，童谣把这种男女之间的相思之情也反映出来：

老鸦老鸦叫喳喳，
提篮进城卖香花。
一卖卖到大婆家，
又是扯，又是拉；
拉来拉去要吃饭，

> 风吹帐起看见她:
> 乌头发,白玉牙。
> 回到家里对妈说:
> "快用花轿娶来家!"

这首童谣,简直就是一篇小小说,记叙和描写都有了,并且刻画了主人翁的迫切心情,说明了他的爱慕之深和迎娶之心的迫切。

有些童谣还描写男女间互送定情信物的:

> 香包一个薄微轻,
> 送来薄物我心诚;
> 今秋天宝排定贺喜,
> 红笺女子雁塔题名。

男女婚娶,是人们生活中的大事,历来是受到重视的。童谣中便有这样的一首:

> 金榄核,两头尖,
> 大哥留妹过新年;
> 留来留去留唔住,
> 一顶花轿到门边;
> 大哥打办红罗伞,
> 二哥打办金凤冠;

胭脂水粉三哥买,
脚踏花鞋四哥装;

19世纪通草画《打手镯》

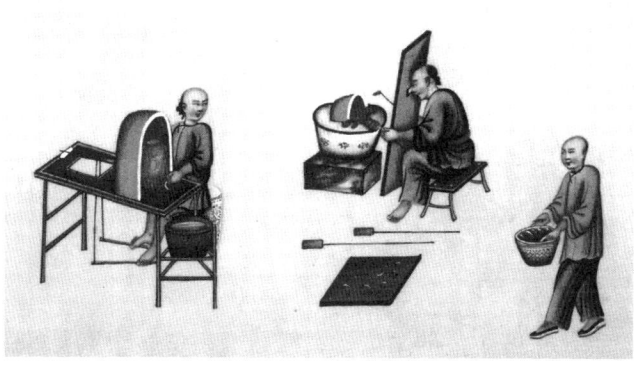

五哥便买广州箱,
绿台绿椅六哥装;
七哥便买潮州杠,
八哥便买象牙床;
九哥便买猴子箱,
十哥四边珍珠挂满象牙床;
十个阿哥,十个阿嫂,
十个兵马伴姑娘;
行到桥头烧炮仗,
边个够佢咁鬼响?

展示嫁妆

从家庭生活的角度看,有两件事情是很重要的,一是生儿育女,二是夫妻关系。童谣也反映了这方面的情况:

> 顺风顺水过沙湾,
> 逆风逆水过河南。
> 河南有间金花庙,
> 蹓妊大姊求仔生。
> 许落鸡卵和鸭蛋,
> 啯时生仔啯时还。

这首童谣所说的,当然是一种迷信,但是,请不要责备,因为在旧社会里一个妇女在家庭中的地位,常常与她有没有生育，或者是不是有生男孩有着密切的关系。那种希望自己能够生个男孩的心情，是人们所能理解的。

但是，即使有了儿女，旧时代的妇女也不一定能够彻底改变她的家庭地位，甚至也不一定能和丈夫取得和谐的夫妻关系；有时是妻怨夫，有时是夫嫌妻。广州童谣也把这种夫妻关系中的怨恨、嫌弃的感情吟唱了出来：

> 一只花碗打烂十三边，
> 我爹出外十三年；
> 我未落床爹就去，
> 梳起盘龙①爹未归；
> 人爹赚钱打扮女，
> 我爹赚钱打扮路头妻②；
> 保佑路头妻死嘞，
> 等我爹早去早回归。

又如：

> 月光光，照地堂，
> 照见广东白米行；
> 头发又长，花粉又香，

---

① 盘龙：一种发髻。
② 路头妻：同居者，非结发夫妻。

点得我个娇妻同佢一样?
热茶淘饭透心凉!

不过,幸好不是所有的家庭都是那样的。还有另一种家庭情景,流露出和睦、勤俭的家庭情趣:

白榄仔,暗暗香,
大哥买归阿嫂尝。
阿嫂唔尝,畀过细姑娘。
姑娘得食随街唱,
果然大嫂锡姑娘。

落雨大,水浸街,
阿哥担柴上街卖,
阿嫂教我做花鞋。
花鞋花脚带,
一串珍珠两边排。
冇钱打对铃啉鼓,
冇钱打个石榴牌。

生活本身是多样的、多色彩的,但亦有许多的痛苦和不幸,而在旧时代最苦的莫如妇女了。有的童谣为妇女的不幸与不平大声疾呼,表达了她们心头的愤恨。试看下面几首:

其一

麻车瓜①，石厦刘②，
竹园涌，大埗头，
前世唔修嫁着蓢洲③，
番薯芋仔冇一头④。
切七板，众人闻，
父母冇钱卖女身；
卖去别家和别处，
卖去温家做贱人！
热菜热饭冇得食，
冻茶冻饭畀我鉴生吞⑤，
琴晚⑥捶骨⑦捶到二三更，
走入厨房瞌下眼瞓⑧，
大煲滚水⑨照头淋，
保佑亲爹来赎我，
金银珠宝答谢灵神。

---

① 麻车瓜：麻车，增城一村名。这个村子多种南瓜，所以称为"麻车瓜"。
② 石厦刘：石厦，增城一村名。这个村子大而且都姓刘。
③ 蓢洲：增城一村名。这个村子多砂地，多水灾。
④ 头：量词，根、个的意思。
⑤ 鉴生吞：硬吞下去。
⑥ 琴晚：昨晚。
⑦ 捶骨：槌骨。
⑧ 瞌下眼瞓：打瞌睡。
⑨ 滚水：开水，刚刚烧开的水。

其二

鸡公仔,尾弯弯,

做人心抱甚艰难!

早早起身都话晏,

眼泪唔干入下间;

下间有个冬瓜仔,

问安人①老爷煮定蒸;

安人又话煮,老爷又话蒸,

蒸蒸煮煮,唔中安人老爷意,

大揸②拉盐又话淡,

手甲挑盐又话咸;

三朝打烂三条夹木棍,

四朝跪烂四条裙!

仲话:咁好花裙畀你跪烂,

咁好石头畀你跪崩!

横又难,直又难,

不如苦命落阴间!

人话阴间条路好,

我话阴间条路好艰难!

---

① 安人:婆婆。
② 揸:意思是用手指撮东西。

这是从前妇女悲惨生活的真实写照，童谣用白描的手法，把这些人间的不平公之于众，让人们了解这些家庭的主妇、丈夫的妻子、公婆的媳妇，其实是一件商品，一个比佣人还不如的奴仆，一个家庭中最苦命的人！这是旧时代家庭的畸形现象。

《盲公说唱图》

可是，这些罪恶现象在过去却被视为天经地义，如《礼记》和汉朝班昭写的《女诫》中都有这样的规定：

妇事舅姑，如事父母。……凡妇，不命适私室，不敢退。妇将有事，大小必请于舅姑。（《礼记》）

姑云不尔而是，固宜从令；姑云不尔而非，犹宜从命，勿得违戾。（《女诫》）

对于这些传统的家礼家规，李晓东在《中国封建家礼》一书中有较详细的论述。他说："《女诫》规定媳妇对婆婆要绝对地、无条件地顺从。婆婆可以随意支使媳妇,而媳妇只有唯命是听,不得争辩抗拒,甚至连商量的余地都没有。"他又说:《礼记·内则》明白指出:"媳妇的职责就是侍奉公婆。"难怪旧时代的妇女有如此悲惨的命运!

但是,仍然有抗争者,一些童谣吟唱出抗争者的心声:

氹氹转,菊花园,
炒米饼,糯米团。
阿妈叫我睇龙船,
我唔睇,睇鸡仔。
鸡仔大,捉去卖,
卖得几多钱?
卖得三百钱。
金腰带,银腰带,
要个婆婆出来拜。
拜得多,冇奈何,
鹅头鹅尾畀妗婆。
妗婆唔在屋,畀三叔。
三叔唔得闲,糯米煮糖环。
糖环啵啵脆,糖甜又香脆。

这首童谣很明显地表现了主人翁以发展生产致富来提高妇女在家庭中的地位,着力要改变婆婆压迫媳妇的家长制,婆婆也要一反常规地"出来拜"。这在当时是妇女大胆思想和迫切要求的体现。

我们再来听听下面这首童谣是怎样吟唱的:

> 落雨雨,去睇灯,
> 唔见花鞋①共手巾;
> 边个执到畀番我,
> 买盒细茶谢你恩。
> 果条手巾唔打紧,
> 果对花鞋值万银。
> 鞋头种得三竿竹,
> 鞋尾种得一箩姜,
> 中间起得一层楼。

这又是一种反抗!传统社会极力宣扬"三寸金莲"的美,女子的脚板缠得越小,越好越时兴越高贵。歌谣的作者却用夸张的手法,大声疾呼鞋大脚大才有价值。这在当时是一种针锋相对的斗争。

此外,童谣还唱出了人间的冷暖、世上的不平。比如:

---

① 花鞋:妇女穿的鞋。但花鞋有大小,小为贵,大为贱。旧社会有不成文的规定,婢女不准缠足。

真好笑,住茅寮;
风吹竹躬好过吹箫;
日间有太阳照,
夜间有月来朝;
一世唔忧柴共米,
又唔忧大贼劫茅寮。
一个月光照九州,
有人快活有人愁;
有人楼上吹箫鼓,
有人地下叹风流。

5 鸦片战争童谣

在这里还要提及一首著名的鸦片战争时期的童谣,它真实地记录了1841年广州附近各乡人民在三元里英勇抗击英国侵略军的情况:

一声炮响,义律埋①城;
三元里顶住,四方炮台打烂;

---

① 埋:靠近。

伍子恒借款，六万万讲和；
七两二兑足，八千斤未响；
久久打下，十足输嗮。

当时侵略军的首领是义律，他和他的部队在广州城北，被三元里附近自动组织起来的400多个乡村的数万名群众围歼，被打得狼狈不堪。但是，由于清政府的投降政策，清军不战而退，致使四方炮台上佛山新铸就的8000斤重的大炮未发一响，就为侵略军占据。清朝投降派头子奕山还委派广州大买办伍子恒向侵略军求和投降，答应赔款600万银元，真是"十足输嗮"，令人气窒。

二 五花八门的小唱

1 小唱的起源

流行于珠江三角洲一带的小唱,是除了木鱼、龙舟、南音、粤讴、粤曲、白榄等之外的一种民间说唱。它类似元朝散曲中的小令,但又有别于小令。它用纯粹的广州话来吟唱,没有任何乐谱,不用任何乐器伴奏,是一种真正的"清唱"小曲。如明王骥德《曲律》中指出的那样:"盖市井所唱小曲也。"

远在2200多年前,古之楚庭已有遇事吟唱之风。直至三国时期,吴国把交州东部划出,另设广州,那时已有雏

民国时的广州街景

形的城市生活，特别是节日时热闹非凡。《羊城古钞》中记载当时的端午节情景："士女乘舫观竞渡，海珠买花果于疍家女艇中。"叫卖之声喧嚣沸腾，那也是广州小唱的来源之一。

广州小唱的内容非常广泛，如家庭、社会、生活、生产、买卖、习俗、御外等，无所不包，其吟唱之声，真可说是穿街过巷无处不闻。

广州小唱可以粗略地分为歌仔、唱卖、唱数、唱码等，接下来分别介绍。

2 歌仔

这里的歌仔，不是朱自清在1929年所著《中国歌谣》中谈到"粤歌"分类里的那种"歌仔"。一般说，这里所说的歌仔是一种不合乐的方言短歌。有是相习而成的，有是睹物吟唱的。前者是俗成歌，又叫风俗歌；后者是即兴歌，即兴歌往往因事而唱，故又叫时政歌。比如风俗歌中有这样一首：

> 卖冷，卖冷，
> 卖到年三十晚。

这是一首在广州流传久远的歌仔。过去,广州在除夕时,有一种习俗,年轻人三五成群聚在一起,穿着新衣服,即使再贫穷也要换一件干干净净的衣服,脚上穿一双南方特有的木屐,在大街小巷与合着木屐走路时发出的"噼啪噼啪"的声音高唱这歌仔。有些人不但沿街唱,而且还在街头巷口处,用木炭或石头画上一幅弓箭的图画,说是可以射死妖魔鬼怪,可以驱邪。或者在除夕当夜,把鸡蛋染红了来吃,说是可以壮阳辟阴。

《羊城古钞》中有这样的记载:"除夕,祭日送年,以灰画弓于道,射祟。以苏木染鸡子食之,以火照路,曰卖冷。"

"冷"代表一种旧的东西,"卖冷"就是把这古老陈旧的东西送出去。

丰子恺《春节小景》

这种习俗来源久远，宋朝的范成大就有这样一首乐府诗：

> 除夕更阑人不睡，厌禳钝滞迎新岁。
> 小儿呼叫走长街，云有痴呆叫人买。
> 二物于人谁独无？就中吴侬仍有余。
> 巷南巷北卖不得，相逢大笑相揶揄。
> 栎翁块坐重帘下，独要买添令问价。
> 儿云翁买不须钱，奉赊痴呆千百年！

诗中写的"卖痴呆"，就是把人的疯癫和呆笨送走。诗中写的情景和广州的"卖冷"是一样的。

作家欧阳山的《三家巷》也曾描述过"卖懒"情景：

> 这八个少年人一直在附近的横街窄巷里游逛卖懒，谈谈笑笑，越走越带劲儿。年纪最小的是区卓跟何守义，一个十一岁，一个才八岁，他们一路走一路唱："卖懒，卖懒，卖到年三十晚。人懒我不懒！"

"卖冷"又唱为"卖懒"，这不单是取字的谐音，这"懒"也是人们认为不好的东西，所谓"人懒无药医"，人们都需要勤，所谓"一勤生百巧""人勤春来早"，"卖懒"也寄寓了迎接早春的来临。

孩子成群结队去"卖懒"

另一首歌仔也是流行久远的。农历七月初七是传统的乞巧节,相传这天晚上,牛郎织女在天河由喜鹊搭成的桥上相会。这天晚上,最热闹的是小孩子,在妇女们一边比手巧一边品尝瓜果的相互嬉戏谈笑中,他们成群结队地穿插其间,高声地唱歌:

> 七月七,喜鹊叫,
> 牛郎织女会河桥。

像这样的风俗歌在广州很多,这里就不一一列举了。

再说时政歌,在广州也很盛行,如在抗日战争期间,有一首歌仔不但流行在广州市,而且传唱在四乡间:

> 敲起鼓,鼓声高,
> 保卫华南,保卫国土。
> 十万青年,齐齐武装;

堂堂步伐,走上战壕。

歼灭萝卜头①,把膏药旗②扯倒!

动员四万万五千万同胞投入艰苦的抗日战争中去,人民抗日义愤之声深入到每一个中华儿女的心坎,广州歌仔也汇进了这悲壮歌曲的洪流中。

还有一种歌仔比较特别,那就是劳动号子。这种歌仔与对唱的民歌相仿,有领唱有应和,通过一唱一和,使众多劳动者的行动步调得到协调,同时也可以舒缓紧张的压力,并且通过呼号诉说劳动者的遭遇。现记录两首如下:

(领唱)开呀,上斜!

(应和)嗬,去呀!

(领唱)站硬!去呀!

(应和)睇住个,上呀!

(领唱)来硬呀!

(应和)呵,去呀!

(领唱)出多啲力呀!

(应和)好的,力呀!

(领唱)嘿呀,枕硬去呀!

(应和)顶硬上呀!

---

① 萝卜头:对日寇的鄙称。
② 膏药旗:对日寇所用旗帜的鄙称。

（领唱）一路呀，都上斜呀！
（应和）嗬哎，去呀！
（领唱）多出啲力呀！
（应和）嗬哎，去呀！
（领唱）出力啦，踭斜！
（应和）嗬哎，去呀！
（领唱）开呀，踭硬嘅！
（应和）嗬哎，去呀！
（领唱）出硬啲力呀！
（应和）嗬哎，去呀！
（领唱）嗬哎嗨呀！
（应和）嘿哎胜呀！
（领唱）鬼叫你穷呀，
（应和）顶硬上啦！
（领唱）流身汗呀，
（应和）揾个钱，
（领唱）够两餐啦，
（应和）仲有烟钱。
（领唱）你就想啦，
（应和）有鬼嚟，
（领唱）地头税呀，
（应和）老虎嘴，
（领唱）一啖吸落嚟，
（应和）乜嘢有得剩！

（领唱）唔好讲两餐，

（应和）烟钱早已飞。

（领唱）嗨哎嚱呀，

（应和）嘿哎胜啦！

（领唱）鬼叫你穷呀，

（应和）只有搏命顶啦！

（合唱）嚱哎嗨啦，嘿哎嗨啦，

（合唱）鬼叫你穷呀！

（合唱）顶硬上！

劳动号子在吟唱时，是可长可短的，这要看当时劳动者的需要和兴趣。

3　唱卖

唱卖，是做买卖时以小唱的形式介绍商品，招徕顾客。这是做买卖的一种宣传。宣传最重要的一点是能吸引顾客，促成买卖。唱卖是一种活广告。

广州市民做买卖的，小贩居多，小贩中以经营小饮食业为生的又占大多数。这和广州地区的特点有关，所谓"食在广州"，广州在近百年来，总是三步一摊五步一档，所以，唱卖之声此起彼伏，整日不断。

其实中国各地都有"唱卖",比如北京地区叫"货声"。唱卖是有悠久历史的。清屈大均的《广东新语》有这样的记述:"顺德之容奇、桂州、黄连村,吹角卖鱼。……其北水古、粉龙渚、马齐村,则吹角卖肉。相传黄巢屯兵其地,军中为市,以角声号召,此其遗风云。"(卷9《事语·吹角卖物》)

以器具发生的声音作为某种买卖的标记,在广州市也是有的。比如卖硬麦芽糖,小贩以劈开硬麦芽糖的铁器两件:一件形状如斧头,但比斧头薄而且长一点;一件是一根铁棒,有手指那样粗细。把两件铁器互相敲击出有节奏的声响来:"特特当,特特当,特特特特当。"不用叫卖,别人一听就知道卖硬麦芽糖的来了。

最有特色的是过去广州卖云吞面。个体经营,一副小担,带上一个小伙计,穿街过巷地做买卖。小担如两个略高的床头柜,一边是汤水,一边是个小小的工作台。一面

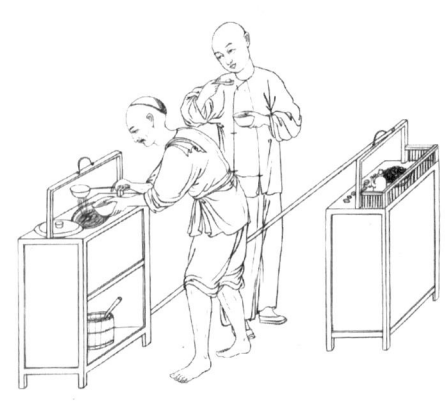
卖云吞

制造广州云吞，一面着小伙计兜生意。

小伙计手拿两片厚竹板，在附近的横街窄巷敲打起来："笃得，笃得，笃得笃得笃笃得，笃笃得，笃笃得，笃笃得得笃得得。"凡是挑担上街卖云吞面的都是这样的敲法，所以别人一听就知道卖云吞面的来了。

但是，唱卖还是占大多数。把自己的商品编成歌谣高声唱出来，清清楚楚地向顾客介绍，博得顾客青睐，买一点。侯宝林的相声《改行》就生动地介绍过。广州唱卖之多像空气那样弥漫着整个城市，给广州市民生活增添不少特色和情趣。请听：

卖酸辣菜歌
辣——辣荣啦，
有啲姜芽呀，
咸醋番薯，爽夹又甜。
仲有酸甜杨桃，
和味杂锦菜呀，
攻鼻嘅凤尾菜，
爽脆嘅椰菜卷，
嗰啲都系醒胃野嚟㗎！

卖卤鸭头翼歌
鸭头鸭翼，
下酒（呢）好食。

鸭脚鸭蹼,

老友(呢)来食。

卖凉茶歌

饮凉茶,苦瓜干,

菊花煎备银花露啰;

金沙藤,王老吉,

一碗落肚解暑湿啰!

卖飞机榄歌

飞机榄①,飞机榄,

一飞就飞落你天棚。

你唔使嗲唔使喊,

银纸丢落嚟,

和味嘅飞机榄,

就会落到你肚腩。

卖仁棯子歌

仁棯王②,

仁棯王,

---

① 飞机榄:一种经过泡制的甘榄,有咸、辣或甘草等味。卖的人把这种甘榄包成小包,飞投到买的人处,故名之为飞机榄。

② 仁棯王:仁棯,又叫仁面,是一种小酱果。仁棯王,即泡制得最好味道的仁棯。

砂屑①嘅仁棯王。

买番个仁棯王,

一粒嗒真吓,

鸡咁脚嚟②揾③仁棯王。

卖糖水歌

香滑芝麻糊,

清甜绿豆沙,

正气莲子茶。

卖面包歌

面包——

新鲜出炉嘅面包:

菠萝嘅面包,

椰丝嘅面包,

十字包,

忌棯包,

鸡蛋糕——

---

① 砂屑:即砂茶酱。
② 鸡咁脚嚟:快步走来的意思。
③ 揾:找寻。

卖花生肉歌

花生肉,

南乳肉,

重好食过焗腊肉。

卖水果歌

老友呀,

睇吓啦,

呢度生果乜都有:

雪梨苹果正牌货,

梅花点香蕉香透牙,

鼓棰大蕉够正气,

沙田碌柚蜜咁甜。

喂,老友记,

仲有糖心嘅菠萝,

淋嗮糖来起嗮格。

淡水嘅沙梨,

脆甜南华李、三华李、蛋黄李,

爽嚓带有桂花味。

帮衬吓啦,

呢度啲生果冇得比!

卖栗子歌

良乡风栗,

新鲜炒熟,
剥壳九里香,
吃落百日味,
嚟啦,吃过都会翻寻味。

卖冰水歌

饮啦,老友,
开水熟糖来制造,
冰冻菠萝同橙水,
清甜凉口解得渴,
润心润肺润喉咙。
饮啦,老友!

卖凉茶歌

常焖堂,快应茶,
发烧发热有揸拿,
每包三毫真实价,
饮落凉喉顶呱呱。

卖石榴歌

晚市石榴买番个,
大塘石榴靓水香,
胭脂石榴又够平,
帮衬吓啦,

晚市嘅石榴。

卖甘蔗歌
热蔗呀哩,
谭洲㑒,
你买枝嚟我来刨,
黑皮包住白肉脆,
清心润肺佢最合时。

当然,广州市除了小饮食的买卖外,还有其他小杂物的买卖。尽管是小买卖,只是一角几分的生意,但小贩还是根据自己的商品编成小唱,沿街唱个不停。比如有一种帮助人们穿针眼的小玩意,小贩是一面操作表演,一面用广州小唱诙谐地唱着:

穿针机,
穿针鼻。
穿针唔使求人哟,
阿妈买个好欢喜,
阿婆买个笑嘻嘻,
细佬哥买个帮吓老人手,
帮吓阿爷穿针鼻。
阿爷话你好叻仔,
问你呢个孙乜嘢机器?

> 你快啲带佢嚟呢度,
> 嚟买番个穿针机!

还有收买破烂的:

> 收买烂铜买烂铁,
> 棉胎旧嘅蚊帐,
> 玻璃买旧嘅皮鞋,
> 玻璃酒樽买药水樽呀!
> 旧书旧纸旧嘅新闻纸,
> 烂衫烂裤烂嘅布料,
> 烂台烂凳烂嘅酸枝,
> 清理烂杂揾番啲银纸,
> 搞好卫生又支援国家建设!

唱卖繁多,不能一一记录。再说文字只能记录小唱的内容,无法写出广州小唱那种清晰、贴切、优美、独特的情调。不过,在广州市,尤其在20世纪五六十年代,还到处可以听到这种小唱。它常常融汇在热闹城市的声浪里,为市民的生活乐章增添独特的音符。

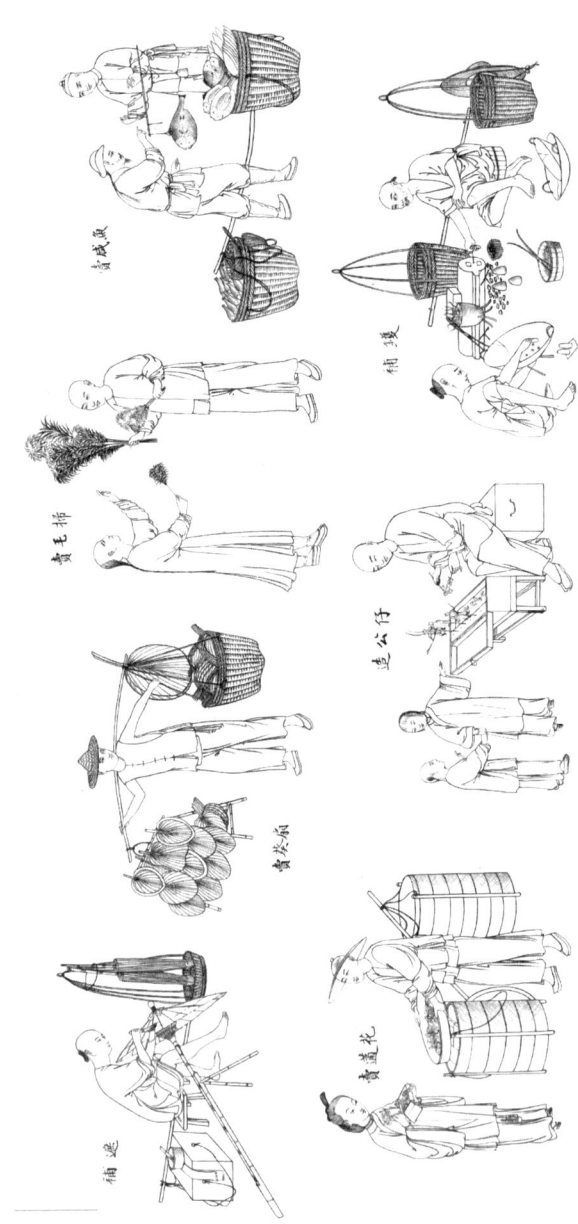

4　唱数

唱数，是用计算商品的数目编成的小唱。

这种小唱在货栈、码头、收购站、栏场等货物集散地都可以听到。每类货物经由这些地方进出，那数目少则以百数计算，多则百万千万。在没有计算机的年代，需要一个准确而省力的数数方法，唱数这种小唱就应运而生，而且独具风趣。

有机会到蛋类栏场看看，唱数的人口吐两个字，双手一齐抓蛋，每只手一抓5枚，过箩一放，就是10只，嘴上唱出"只五"。数蛋一百，只唱下面5句：

只五双十，
有三变四，
成五即六，
七星伴（八）月，
狗（九）拉哑明（一百）。

一箩蛋，有多有少，五百装的、一千装的不定，数完，过箩包装。这过箩真是一绝，宛如杂技。只见他稳重而手快，一手提着箩边，一手护着箩面的蛋，霎时一翻手，全箩蛋数百只"嘟碌"一声倒过箩去,一只也不裂,一只也不烂。就在观者心惊肉跳,目瞪口呆,对其手艺赞叹不绝的时候,耳边又响起了数蛋人的小唱,这回是点明箩数了:

包一有个七,
三七突个一,
回一剩个六,
一共二千七。

数蛋人手口不停,数完细数报大数,栏场里唱数此起彼落,蔚为大观。

各行各业都有唱数,而且唱数时都有自己的行话,比如表示一至十的数目时,以"芝、辰、斗、数、马、零、头、庄、湾、响"代替,另一种则以"瓜、栏、横、道、瘦、辰、星、张、崖、竹"和"桂、栏、横、渡、瘦、问、猪、打、出、狗"等代替。用这样的行话唱数,别人听不懂,自己人却心中有数,这样,做买卖时容易应付些。

5 唱码

唱码,是以广州小唱来报钱码。这唱码在广州茶楼最为典型。

19世纪通草画《柜台一景》（局部）

广州茶楼林立，颇负盛名。过去在茶楼饮茶不像现在有记录卡、记账单，是通过唱码来算账。这样就全靠企堂①的眼快、手快、心快、口快报钱码了。

一市茶业，茶客很多，各种人等，进进出出。企堂不但要眼快认清付账的人和看清茶客吃了多少东西，同时要手快收拾茶具、碗碟等物件，还要抹干净台面，而且要心快算好茶钱，还要迅速准确地告诉柜台，这真是一门专业。在那种人群熙攘、喧闹的茶堂上，企堂和柜台的一唱一和，宛如对歌，给茶客们制造了一种特殊的茶堂气氛：

---

① 企堂：服务员。

开嚟——
猴王拖手带一啦,
拿住有四呀!

这就是说有一位瘦茶客带着妻子和一个孩子,这位该收5角4分钱。柜台听得明白,用眼睛一颩①,认定该收谁的钱,一边收钱一边拖长腔调应和着:

有数——

企堂又喊:

单嚟——,
红衫丰满有姐呀,
星期伴着两粒星!

这就是说有位胖太太穿着红色衣服,和一位女同伴,这位该收7角2分钱。柜台又应和着:

单埋!

---

① 颩:瞟。

有时茶客三、五座一齐要结账,那企堂唱出一连串的小唱来,既要应付急待要走的茶客,又要逐一报知柜台有几单要结账了:

开嚓——,
流星有三呀,
分头大小五眼桥,
双三加码有个八。

单跟——,
又嚓只手有单拳,
半月举起四指出。

又嚓啦——,
三星拱照蓝毡先,
礼拜计尽啦无零。

柜台明白,头一单是大小5个人一起,给钱的是个留分头的,该收1元2角8分钱;第二单是6个人在一起,该收1元5角4分钱;第三单是3个人一起,戴着蓝毡帽的给钱,该收7角钱。

柜台一边收钱,一边应和着:

埋数——

单收——

福禄寿齐——

综上所述,广州小唱有4个特点:第一,是口头创作,没有乐谱的;第二,即兴编就,常常内容有增删;第三,创作时没有文字记录,一般是口口相传;第四,具有浓郁的生活气息。

它不见于文字记载,更谈不上登上大雅之堂,但是,它却植根在人民群众的生活中。它像原野上的小花,很不惹人注目,但却是文艺花园中最基本的不可缺少的花簇。

三 龙舟舟，出街游

1 龙舟歌的创制者

龙舟,龙舟,
游呀游游,
游到你家门口,
它摆尾又点头,
祝你家有福禄寿:
福到你家子孙平安,
禄到你家财源又有,
寿到你家老人童颜白发,
后辈人仔乐无忧!

唱龙舟

一个装扮古怪、上了年纪的人,下身穿的是一条包肚的唐装裤,束脚,上身穿的却是和尚的大襟短衣,束腰,肩头披着一块淤红色的披布,右手拿着一条约30厘米长短的木雕龙船,龙的首尾是可以活动的,胸前沓挂着一个小铜锣,碗口大小,一面小鼓,也是碗口大小,左手拿着一根掌巴长的小木棒,他一面敲击着小锣小鼓,"笃当,笃当",一面就唱着这首龙舟歌。

这是一些貌似云游僧人,其实是沿门卖唱求乞的艺人。他们以演唱龙舟歌谋生:

龙舟舟，出街游，
姐妹行埋①莫打斗，
封一封利市压龙头。

龙舟歌，又称唱龙舟或简称龙舟，甚至有人称之为乞儿歌。它在广州市以至珠江三角洲一带是非常流行的。

李汉枢在《粤调说唱民歌沿革》中说：

"龙舟歌"亦名"龙洲歌"。珠江三角洲一带，城乡密迩，河流交错，农商舟楫频繁，水路特别旺盛。虽水程非遥，但旅途中不少卖唱卖艺的人，上落穿插。所谓"龙舟佬"，就是一种上落这些渡船中卖唱龙舟歌的人。……据说，龙舟竞渡，粤人视为最神圣的事，有了它作幌子，才不会给人厌逐，从而进行卖唱。

这样说，龙舟歌无论是在陆上还是在水上，多是在流动中演唱，因此，它不可能使用篇幅过长的演唱形式。同时，它要尽快吸引听众，最好是开口几句话，就能把听众的兴趣挑动起来，而且还要说一些雅俗共赏的吉祥话。所以，龙舟歌必须具备短、精、兆头好等条件。

---

① 行埋：走在一起。

据说有位广东顺德龙江籍的破落户,创作了这种短小精悍的说唱体的"龙舟歌"以为谋生。李汉枢说:

> 我们说龙舟歌创于顺德人,是以下面的事实作为推断的。过去,凡唱龙舟为生的人,十居八九都是顺德籍;特别是龙舟腔调,如用广州话演唱,从来得不到好评,所以擅唱者如非该县人,也要学该县乡音,说白时更为必要。同时,这种歌唱,再没有地方比顺德人这么普遍而爱好。产于龙江某破落户,这是故老传闻之说,虽无确据,亦理有可信。

龙舟歌的来源另有一种传说:

> 另有一说,则谓由民族革命团体始创,是旨在宣扬"反清复明"的俚歌。自清代康熙二十二年(公元一六八三年)施琅平台以后,民族革命活动即全部转入了潜伏时期;有志之士,纷纷托迹于水驿江城进行活动。他们有一定的口语,歌曲形式亦多;活动初期,据说即编有六七百首,宣传他们的政治主张,以便易于在人民群众中传唱。例如有一首在唱词结构上已具龙舟歌雏形的民歌:
> 天生朱洪立为尊,地结桃园四海同。
> 会齐洪家兵百万,反离挞子伴真龙。

清①连举起迎兄弟,复国团圆处处齐。

大家来庆唐虞世,明日当头正是洪。

以它每句第一字联缀起来,便成"天地会反清复大明",有很鲜明的寓意和号召力。他们在水乡等地演唱时,一律以手持木雕龙舟为"自家兄弟"的记号。起初,这种演唱形式称为"龙朱歌"(暗寓明代真龙天子姓朱之意),后来大概觉得过于露骨,才改称"龙舟歌"。久而久之,便干脆以作为联络标记的龙舟为名。而他们胸前所挂的一锣一鼓,则分别代表日和月,日月二字合为明字,以示对朱明念念不忘之意。

孔宪涛的《粤调说唱民歌简介》中也认为,"龙舟约产生于清康熙二十二年(一六八三年)或清乾隆(一七三六年)年间,曲目以短篇为主",但未提供依据。

其实,目前并没有确切的资料作为依据,去确定龙舟歌的产生年份和它是怎样产生的。因此一般认为,无论是哪一种说法,"龙舟歌"都不会是蓦然"创造"出来的。它的音乐曲调和唱词结构,都与"木鱼"相似,即使不能说它脱胎于木鱼,也可以说龙舟与木鱼有着极其密切的互为影响的关系。

的确,龙舟歌的出现比木鱼晚,正当木鱼流行非常普遍的时候,尤其值得注意的是,在清朝乾隆嘉庆年间,

---

① 清:原作"洡",讳清字,避免"清"朝字眼太明显。

木鱼演唱出现摘锦曲式①的曲本流行,这时候,龙舟歌也在市井中传唱着。稍后,即在18世纪中叶以后,有人把一些龙舟歌称之为"木鱼短曲"。诚然,木鱼和龙舟歌都是散板结构,都是不为节奏所限制的自由吟唱体,但是,龙舟歌还是有自己独特的形式,亦有它自己产生、发展、定型、成熟的过程。它比山歌、说书更加富于表现力,而且作品多数是写民间疾苦、生活琐事,具有浓厚的乡土气息。龙舟歌可以见什么唱什么,很多是由龙舟歌手临时随口唱出。因此,龙舟歌很容易为群众所喜爱所接受。它通过民间艺人沿门卖唱或同渡演唱,与成千上万的群众联系起来。

2 《缫丝女自叹》

龙舟歌除了演唱一些传统的民间故事,如"梁山伯与祝英台""白蛇传""方世玉打擂台""丁山射雁""王允献貂蝉"等外,更多地反映人们的日常生活。比如流传比较广的,直到1959年10月出版的《龙舟大会唱》中还保留的《缫丝女自叹》就是其中一例。这首反映缫丝女疾

---

① 摘锦曲式:从长篇木鱼说唱本中摘取精彩部分的唱段而成。

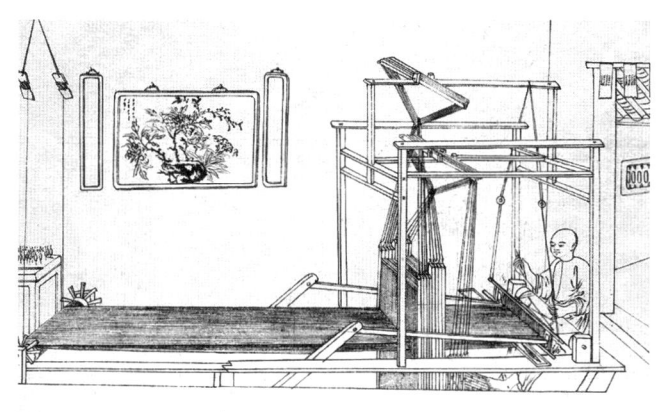

清代广州外销画画师庭呱《织素缎》稿本（1844年）

苦，然又能在重压下觉醒到"团结就是力量"道理的龙舟歌，曾在1954年9月11日中秋节和11日两晚举行的顺德、中山龙舟大会唱中，由龙舟烈霞演唱：

> 人实恶做，世界咁艰难！
> 男儿还望，打得破难关。
> 唉！做着我哋女人，真系惨；
> 一生劳苦，饱受世道摧残。
> 梳起在家，人待淡，
> 若然出嫁，又好似入网关。
> 至怕嫁着个男人，性情硬；
> 又怕翁姑，恶毒蛮。
> 生儿育女多磨难，
> 仲怕家贫如洗有两餐。

有阵见到人家，
拖男带女随街喊；
思前想后，偷嗟叹；
伤情触景，更令我心烦。
都系学门手艺至渡得平生，
后来学会缫丝人称赞，
手作超群算我第一班。
……

可是一做几十年，终于年老体弱，眼蒙手慢。老板要的是牛是马是摇钱树，哪管你工人是老了，只要是不能胜任的就诸多刁难：

到咗呢个时候唔够眼，
头又晕时手又生。
嗰的事头工头话我慢，
终朝无日揾事弹：
话我手脚又嚛人又懒，
丝粗绩口又唔啱。
上工至天光都话晏，
仲赖人家偷茧十分蛮。
人工逐渐随时减，
勉强支持都揾唔到两餐。
……

思度忖,好心酸!
不若我哋成帮姐妹结成团。
……
不怕佢东家,存心不善;
我哋工人团结,亦有能权。
大家表明决心,同志愿。
从此以后,不再心酸,
共同努力,来打算;
毋嗟怨,一齐奋志,要攞工钱!

这种从切身痛苦中醒悟到需要自立自强的精神,是非常可贵的,尤其是出现在女工的身上。

据说这首《缫丝女自叹》产生于清朝中叶,约在18世纪五六十年代,即乾隆年间。因为那时只留广州即粤海关为唯一的海上对外贸易口岸,而外国商人到广州来多采购生丝和丝织品,因此,广州的丝销路日益扩大,丝价亦迅速上升,使珠江三角洲掀起了"弃田筑塘,废稻树桑"的高潮,这时缫丝女之多是可以想见的。缫丝女血汗浸透的一缕缕金丝,成了中国当时除茶、药材等以外的主要出口商品。

19世纪通草画《一位纺丝的中国女子》

《缫丝女自叹》是重压下的产物，但是它也和其他民间作品一样，经过了演唱人的不断加工修改。现在我们看到的《缫丝女自叹》应是20世纪40年代左右的作品了。不过，人们还是可以从中窥视到历史上的一些情况。

3 《屎坑公叹五更》

　　《屎坑公叹五更》是另一首反映底层民众辛酸生活的龙舟歌：

> 一更叹，叹声难，
> 阎王打发我看屎坑。
> 左手执勾右手揸①箥②，
> 只为家贫实见难。
> 二更叹，月当中，
> 执屎至怕落雨翻风③。
> 朝早起身天又冻，

---

① 揸：抓、拿。
② 箥：一种簸箕。
③ 翻风：刮风。

搂起件蓑衣系度①震掂掂②。

……

还有的作品，描写妇女在家庭中的地位低下和精神上受到的折磨，如《五谏刁妻》：

自从过门归你宅舍，
犹如监犯上囚车。
早起更兼眠要夜，
可恨嗰个衰鬼安人病坏老爷，
煲茶煮饭监③我做到索④大气，
又要我浆洗衣裳与共把仔孭⑤。
手脚唔停成日做嘢⑥，
从朝做到日头斜。
……
我咁嘅行为仲唔多谢，
你反为话我懒如蛇。
真系前世唔修至⑦嫁畀你只嘢⑧。

---

① 系度：在这里。
② 震掂掂：颤抖。
③ 监：强要。
④ 索：吸。
⑤ 孭：背的意思。
⑥ 嘢：东西；工作。
⑦ 至：才。
⑧ 嘢：可指东西或人，指人时是鄙称。

4 新风味的《菜篮歌》

上述反映民间疾苦的龙舟歌为数是不少的,在这里不可能一一介绍,但更多的是描写民众的生活琐事。比如,在1982年广州市群众曲艺大比赛获奖的丁枫的《菜篮歌》,就是这方面最好的有代表性的例子:

> 陈二婶,换过件衫,对镜梳头好笑颜,
> 她为人并非想打扮,只因心头快活变后生。
> 起早上街成习惯,出门顺手挽个小菜篮,
> 转上墟场脚步放慢,菜篮贴实半腰间。
> 人拥人挤慌怕菜篮被挤烂,
> 哦,只见时令蔬菜摆到要搵路行。
> 哦,又嫩又鲜——一箩箩一担担!
> 哗,叫平叫靓——一档档一摊摊。
> 二婶挽起菜篮多感叹:
> 市场今日真似百花坛!
> 想往昔,起五更,
> 手忙脚乱又挽起个菜篮。
> 为愁买菜跑步都嫌慢,
> 长龙摆尾,排队转了几个弯。

大个市场多冷淡,
石台生草石凳滑潺潺。
每日上市菜蔬只得三五担,
品种少时又简单,
清一色来,点到你挑挑拣拣,
又黄又老,令你睇见就心烦。
嘿,白菜连头都几乎抢到烂,
唉,通菜带须大家㩒住争。
结果一半食时一半倒入垃圾篸,
家庭主妇为两餐菜餸叹艰难!
哈哈,现今愁云风吹散,
上街买菜不用起五更,
四季时鲜花满眼,
菜箩堆满路,瓜果叠上棚!
嘻嘻,小小菜篮天天变换,
菜口挑来要过几关。
往日只求有咸有淡,
现今胃口娇来嘴变馋;
老伴想食萝卜煲牛腩,
大仔要试塘蒿滚鱼生;
二女叫买韭黄炒滑蛋,
细虾嘈住腊肉烩芥兰……
嘿,想食就可买回,不是空口喊,
生活水平提高,无人敢话你心贪。

嗱,话鱼开边,有鲔有鲩;
唷,烧买现卖,有淡有咸。
客人来时,还可整多味冬瓜八宝盏;
亲戚探访,居然摆几碟拼盆中西餐。
星期小叙,菜口多挑又多拣,
节日加菜,买满小篮转大篮!
呵,市场新貌真个令人称赞,
形势大好实在翻了几番。
你问城乡如何繁荣?
人民生活改善快或慢?
休惊叹!
请看千家万户的小小菜篮!

5 社会龙舟

龙舟歌还有以破除迷信为内容的,可说是其中的"劝世"作品。比如《郑仙探城隍》。郑仙是广州的著名人物,姓郑名安期,原是山东琅琊人,是秦朝时的一名方士,传说他在农历七月二十四于白云山跳崖自尽。但跳下去的时候,被一只仙鹤救了,郑安期就变成了郑仙。从此,农历七月二十四成了一个民间节日——郑仙诞。

龙舟歌《郑仙探城隍》巧妙地设想在破除迷信的时

刻,郑仙心烦气闷地去找城隍倾偈①。龙舟歌是这样唱的:

> 叙过寒酸不用提,
> 郑仙嗰阵②对住城隍来讲闭翳③:
> 讲起神权冷淡苦凄凄,
> 肚饿几乎将近要抵,
> 有何法子共我挽垂危?
> 城隍听,启言章,
> 同病相怜只喊一场,
> 反正嗰排真受影响,
> 破除迷信仲边个入庙烧香?
> ……
> 郑仙闻说更仲愁多,
> 彼此如斯奈边个何。
> 愧我白云山顶剩番个大泡和④。
> ……
> 向年积习人家破,
> 可怜菩萨自己啰嗦,
> 打地气⑤名词今后冇咗,

---
① 倾偈:聊天。
② 嗰阵:那个时候。
③ 闭翳:不开心。
④ 大泡和:草包。
⑤ 打地气:粤俗每逢七月二十四城隍与郑仙诞,早一晚睡城隍庙中,谓之打地气,第二天早上便可上白云山。

鼻酸喉哑泪滂沱。
郑仙睇见城隍他怨苦楚,
连随拜别有迟嚤,
立即起身唔肯坐。
……

这场探望就这样结束了。龙舟歌的作者利用神话,让神仙自己来说明:大家一起来破除迷信,这样神仙也没有办法了。

19世纪通草画《道士图》

神话故事虽然能够取悦听众,但是,这类故事到底离现实生活太远了,因此,龙舟歌的作者更多还是以人民生活中所发生的事情为题材进行创作。同样是以破除迷信为中心思想的龙舟歌,近代作者即拾取平民百姓身边发生的事情来反映,比如叶贺桂的《送"虫魔"》就是其中一例:

陈六婶，闷在心中，

皆因所耕秧地，最近出咗螟虫，

但系佢思想糊涂，以为虫魔有意来作弄；

又话"田头土地"，总唔颂神通！

睇见别人落力除虫，还笑人家唔中用，

自己扭头扭髻，去找喃吙逢。

喃吙佬问起因由，知道六婶请佢把"虫魔"送，

咁就订明工价，"利市"万五元①一大封。

执齐啲架罉②，跟住六婶出动，

吩咐买齐宝烛果礼，六婶样样依从。

来到田基，就点着香烛来供奉；

喃吙逢把红袍穿起，土地帽带在头中。

打起叮叮，乱喻③乱诵；

六婶双膝跪下，叩到头壳通红。

元宝烧完，以及衣纸各种；

响起三声爆竹，震彻天空。

一场把戏做完，喃吙逢抱拳乱拱；

临走逗埋④"利市"，满面笑容。

六婶以为财散人安，欢然入梦；

三天之后，六婶再到田中。

---

① 20世纪50年代初期人民币面额一千元相当于现在的一元。
② 架罉：工具。
③ 喻：说话。或只见口唇动而听不清说什么，也叫喻。
④ 逗埋：取完。

谁料秧叶枯黄，蛀心虫出满田垅；
螟虫不但唔死，而且生得无尽无穷。
白翼仔扑满禾秧，六婶看见非常心痛；
又再去找喃呒佬，呢次①佢唔在家中。
原来佢在田中杀虫，不打叮叮将经诵，
身边一篓枯黄秧叶，就系摘出嘅卵虫。
六婶眼看心嬲②，知道受人捉弄；
喃呒逢见到六婶，立刻逃避走匆匆。
众人话喃呒嘅事情，原系假嘢一杠；
思想开通之后，冇人咁③笨再去信从。
土改分田，个个参加农业劳动；
喃呒混账行业，人哋早已当作脑后西风。
不过你揾到佢时，所谓水蟹亦都唔放纵；
今日事情摆白，你最好返去动手除虫。
大婶仔细思量，觉得一日都系自己大懵；
除虫不应放弃人力，走去依靠神通。
但系抢救秧苗都已过时，迫得再播谷种；
真心痛咯！自怨信神信鬼，致使损失重重。

像这类破除迷信以及以戒烟、戒赌、戒嫖和揭露盗窃、拐带、诈骗的伎俩，反对妇女缠足甚至反对八股文等

---

① 呢次：这次，这一回。
② 嬲：生气。
③ 咁：这样，如此。

为内容的龙舟歌,被称为"社会龙舟"(或称"政治龙舟")。此类龙舟歌会在反对美国虐待华工与光绪三十一年(1905)反美拒约运动的斗争中,在当时广州、香港各爱国报刊中出现过不少。龙舟歌成为政治宣传的工具。

在"社会龙舟"中,有个别作品是相当长的,比如宋四郎写的,由省港三余书店编印的《社会龙舟庚戌年广东大事记》一首,全歌26章,约12800余字,被誉为"空前长调"。但是,像这样长调的龙舟歌,远没有那种结合普通人的现实生活和生产来反映人们思想感情的龙舟歌来得普遍。请听:

> 龙舟龙舟,吉利点头。
> 阖家受咗龙头礼,老少平安永无忧。
> 子孙健康呢,老辈又益寿!
> 家庭和和睦睦,咁就乐呀乐无愁!

四

情意绵绵的咸水歌

咸水歌,又名疍歌,亦称咸水叹、后船歌、蛮歌和浪花歌。广义的咸水歌包括姑妹腔、担伞调和高堂歌等,这里只谈谈流行得最早的咸水歌中的"姑妹腔",也就是一般人所指的咸水歌。

1 咸水歌的由来

珠江三角洲水网纵横，历来是中国南方水运交通中心。这给水上人家的繁衍创造了十分有利的条件。

清代赵翼①在《檐曝杂记》中这样记述："广州珠江蛋船不下七八千。"而据1926年广州市人口统计，单广州一地已有疍民102000人。梁启超则估计为"殆不下百万"。

以船为家的疍民

---

① 赵翼（1727—1814），字耘松，号瓯北，清代江苏阳湖人。官至贵西兵备道，旋即辞官家居。主讲安定书院，专心著述。长于史学，考据精赅。论诗主张推陈出新，力反摹拟，与袁枚、蒋士铨齐名。著有《廿二史札记》《陔余丛考》《瓯北诗集》《瓯北诗话》等。

这些水上人家已经渐渐形成了一个特殊阶层,有人直称他们为"疍族",一般称之为"疍家"。

在过去,他们受到歧视、限制和欺压。《高要县志》卷21记载:"粤东地方四民之外,另有一种名为蜑户。""粤民视蜑户为卑贱之流,不容登岸居住。蜑户亦不敢与平民抗衡,畏威隐忍,局蹐舟中,终身不获安居之乐,深可悯恻。"又1934年6月,广东省民政厅出了个《查禁压迫歧视疍民》的通令,摘要如下:

> 民厅叠据各地报告,各属疍民,多有被人压迫,如禁止疍民船只泊岸,遇嘉庆事不许疍民穿着鞋袜长衫,有病不准延医诊治,死亡不准抬棺柩上岸,娶妻不得张灯结彩,诸如此类,不胜枚举。复时常被地方土劣遇事任意勒索……此种恶习,亟宜禁革,并饬属对于疍民随时注意保护,嗣后如有上项情弊发生,务须从严查究。

此通令之兑现与否,姑不究之,但从中可以看到以往水上人家其苦更甚于黄连。他们又因处境的独特,热恋中的男女不能像陆上青年男女那样约会或双双漫步街头互表情意,因此,就在珠江的缓流中产生了疍家青年男女以歌传情、互表心声的咸水歌。"咸"在广州方言区内,是有它特别的意义的,就是指男女私情有关的事,因此,这些水上人家的情歌,就叫做咸水歌。

2 文人改作的咸水歌

李调元在他的《粤风》中辑有"疍歌",录下三首:

错畔行过苏兴巷,鱼通水透到花街。
木樨花发香十里,蝴蝶闻香水面来。

疍船起离三江口,只为无风浪来迟。
月明今网船头撒,情人水面结相思。

鹿在高山吃嫩草,相思水面缉麻纱。
纹藤将来作马骑,问娘鞍落在谁家。

买花

其实,这些"疍歌"是经过原辑者河南人修和的修改的,变成了"平仄亦叶"的七绝诗了。一位名为花溪逸士的文士,也录了几首疍歌:

手撚梅花春意闹,生来不嫁随意乐。
江行水宿寄此身,摇橹唱歌桨过滘①。

云在水中非冒影,水流影动非身情。
云去水流两自在,云何负水水何萦。

拨棹珠江十二年,惯随流水爱婵娟。
青苹难种君莫种,惬雨堪怜君莫怜。

这些歌经过文人润饰,虽然保留了原歌的主题,反映了疍家生活的风情,但失去了咸水歌原有的风韵。

3 接近原型的咸水歌

有些咸水歌,被文人修改得少些。1934年11月在《辅仁广东同学会半年刊》中刊登了吕少泉的《谈谈广州的蛋

---

① 滘:河道分支或会合的地方。多用于地名,如道滘。

家》，其中这样写道：

> 蜑曲的正宗，却以咸水歌为首，这种歌的形式多数是七言四句体的，每首一章的为普通，二章以上的也有，可是不多。最可注意的，是这种歌曲的每句末端，都附有一个"啰"字为助词，这种咸水歌大都是歌咏爱情的居多，所以免不了颇出于冶荡。

接着，吕少泉在文中举两例为证：

> 兄当着东妹着西，啰，
> 父母严硬唔敢来，啰，
> 十二精神带兄去，啰，
> 唔知亲兄知唔知，啰。
>
> 巴豆开花白抛抛，啰，
> 妹当共兄做一头，啰。
> 白白手腿分兄枕，啰，
> 日来相斟舌相交，啰。

这可能是咸水歌的一种。但吕少泉论述尚不够具体。黄云波在《广州蜑俗杂谈》中说：

> 咸水歌以七言为主，其不只七言者，节拍须与七

言等，句数无定，女唱男答，各具称呼……

这论述较实际。其实"疍歌"即咸水歌是没有这样"雅"的，它自然、朴实、率直、鄙俗，有时甚至杂有秽语，并且是口语化的，即以广州话俗语唱出。其唱法为男女对唱，各唱两句，每句多为7个字，有叶韵和没有叶韵的，无乐调，无雅丽辞藻，"很少婉转缠绵之致，但异常的真切而又谐美"（清水语《民俗》），又多是调情挑逗的气氛，是最具有地方色彩和最不受拘束的自由抒发爱情的歌。

其唱法，由男性唱出时，首句末押以"唎姑妹（去声）"，末句押以"唎（下平声）"。如由女性唱时，首句末押以"唎兄哥（去声）"，末句同样以"唎（下平声）"为押。羊城竹枝词也把咸水歌的唱法写入词中：

渔家灯上唱渔歌，一带沙几①绕内河。
阿妹近兴咸水调，声声押尾有兄哥。

明月初上，岸边的船只排列仿如浮桥，摆荡在水波之上。其时从后舱或船篷间漏出缕缕炊烟，烟色淡青，好像一条薄薄的纱带，把淡蓝的河水和淡蓝的天空连在一起。在这一色淡蓝间，传出了轻轻的拍水声，这是微浪敲打着

---

① 沙几：河流中露出的沙石堆。

船头，这是裸露全身的小孩子在戏水。宋人周去非在《岭外代答》中是这样记述的：疍家小孩从会笑时起，母亲就以柔软的布帛束在他背上，放在水中教他浮水；会匍匐前进了，就用长绳系于腰间，绳的另一端系一短木，让孩子借助木的浮力浮水。

《珠江两岸风光》，法国《天下画报》，1858年7月3日

这时，有三五艘船只在消失了炊烟的船排间穿插着，游刃其间。屈大均说"粤人善操舟"，即使是大型船只，也能驾驶自如，"谚所谓，广州大艨艟，使得两头风。输一篷，赢一篷也。横行曰输，直行曰赢。篷，帆也，以蒲席为之"。（《广东新语》）可见，广州的水上人家操控舟船如陆上人步行那样方便。但是，只要仔细看看这几只游动的船，就可以发现他们在船尾上有的放盆草，有的

放盆花,这些花草并非寻常人认为的船上饰物,它另有含义。《广东新语》是这样解释的:

> 诸蜑以艇为家,是曰蜑家。其有男未聘,则置盆草于梢,女未受聘,则置盆花于梢,以致媒妁。婚时以蛮歌相迎,男歌胜则夺女过舟。

《开平县志》记载:

> 其男将娶妇,移舟相望,结彩于樯,各致客豪饮,燃炬达旦,互相唱歌,歌一阕则鸣金随之。既而歌渐促,金渐紧,移舟相并,男以手披女而过,扬舟远去。

水上的生涯和舟中的婚娶,往往都是以咸水歌为表意的媒介,如果从感情的角度看,没有咸水歌,就没有水上人家的延续。从这个意义上说,咸水歌简直就是水上居民的族歌了。只要你漫步珠江河畔,就会听到从珠江面飘来别具一格的歌声:

> 女唱:门口有棵摩啰菜唎,兄哥,
> 　　　唔声唔盛走埋来唎。
> 男唱:蕹菜落塘唔在引唎,姑妹,
> 　　　两家情愿使乜媒人唎。

循声望去，越过船篷，岸边几棵荔枝树荫下，不很宽阔的支流两岸，各置三五艘船艇，歌声即从此而起：

女唱：上东落西携带小妹唎，兄哥，
　　　带埋小妹去走江湖唎。

男唱：上东落西想带小妹唎，姑妹，
　　　海波浪大我难行唎。

女唱：头桨可撑二桨可棹唎，兄哥，
　　　丢低二桨共哥商量唎。

男唱：有水行船无水食播唎，姑妹，
　　　有姑同讲冇姑同床唎。

女唱：猪肉煲汤和有淡菜唎，兄哥，
　　　唔嫌待慢久久开来唎。

男唱：猪肉煲汤落啲正菜唎，姑妹，
　　　晚间睡下有妹来陪唎。

女唱：蕹菜落塘枝叶青唎，兄哥，
　　　结契相交要尽情唎。

男唱：慢慢试真佢嘅品性唎，姑妹，
　　　对天盟誓至好应众唎。

咸水歌是触景生情、睹物而歌的，它抒发感情是坦率而大胆的，甚至是把感情裸露在这天水间，像水一样明晰，像天空一样晴蓝。世间的事物，有时是一眼透穿为美，咸水歌就像水中一枝花，这花只有经净水的沐浴，甚至是为水所淋漓才能尽致的。咸水歌手就是这样毫无禁忌地、充分地宣泄自己的感情。

4　本色咸水歌

过去广州的河南是疍家的上落点，河南江岸东起石涌口西至白鹅潭①，都是水上人家活动较多的江岸线。因此，那里的咸水歌也特别多，陈序经曾辑录了一些：

> 女唱：边位哟朋友来唱吓姑娘呢，兄哥，
> 　　　唱完姑妹共你赏吓月光明啰唎。
> 男唱：今晚的十五月光人共赏啰，姑妹，
> 　　　我嘟请位姑娘呢倾吓啰唎。
> 女唱：赏月哟高兴人人有的呢，兄哥，
> 　　　月神嘟啲唔想你哋所为啰唎。
> 男唱：哈哈哈嘟哈哈哈真好笑呢，姑妹，
> 　　　我喜欢你哟声音如莺唱啰唎。

---

① 白鹅潭：位于今广州市西南珠江三叉口，为水路交通要道。清屈大均《广东新语》："珠江上游二里，有白鹅潭。水大而深，每大风雨，有白鹅浮出。故名。相传明黄萧养作乱，船经此潭，白鹅为之先导。"

白鹅潭旧影

女唱：滴滴沥沥嘟呐莺音今人敬呢，兄哥，
　　　姑你嘟唱出来我听出耳油啰唎。

男唱：我嘟呐发疯你都搂我耍呢，姑妹，
　　　耍埋今晚又共你吓虾鱼啰唎。

女唱：虾又蒸时鱼又炒呐咯，兄哥，
　　　蒸蒸炒炒嘟共你同台啰唎。

　　现在我们听到地道的咸水歌多出了"嘟呐"等助语词，同时每句的字数不限，不过音节与七言相同。例如"边位呐，朋友，来唱吓，姑娘呢"，照此类推。当时在广州河南一带，唱咸水歌的名手很多，比如大口金、生果荣、桂好、靓妹娣、水莲、阿甜妹等。下面看一段生果荣与桂好对答的罾歌：

　　　（生果荣以下简称荣，桂好以下简称桂）
　　荣唱：桂好你坐嘟坐在艇头来卖俏啰，姑妹，

四　情意绵绵的咸水歌

犹如我嘟呐的生果人心嘟甜啰唎。

桂唱：人坐艇头嘟呐的来赏呢，兄哥，
　　　不似你嘟呐的贱格乱车来啰唎。

荣唱：我嘟一片真心嘟呐同你耍啰，姑妹，
　　　见你嘟呐的秋波一射身都软埋啰唎。

桂唱：而家你都身软一阵你都身硬啰，兄哥，
　　　明天你的屋企喊你的阴魂啰唎。

荣唱：如果都得妹真心我都心甜啰，姑妹，
　　　我就嘟呐的情愿死在妹的身前啰唎。

桂唱：哝哝哝，亚荣你死都关乜我事呢，兄哥，
　　　而家你死咗件作嘟呐的执去埋啰唎。

荣唱：桂好嘟有咁好情义嘟令我爱啰，姑妹，
　　　不如同我嘟卖呐生果嘟做伙记啰唎。

　　这是属于一些闹耍的对唱，但也表现了咸水歌最普遍的男挑女逗的情调。歌词中除了顺口而唱的打情骂俏外，还运用了许多广州话：吓（一下）、嚟（来）、倾吓（谈一谈）、唔（不）、啲（的，有时作多数词"们"解）、估（猜，估计）、埋（了、完）、乱车（乱说谎话）、屋企（家里）等。

　　可以看到这是口语化的，完全没有修饰的成分，是纯粹的民歌。

5　对唱与独唱

广州咸水歌除了对唱的形式外,还有独唱。独唱一般是唱某一个人或唱某一件事。这种独唱的咸水歌近似粤曲了。现摘录3首如下:

疍家妹真销魂
你如果妖孽,整得咁派头①,
时常卖俏惹人嬲②。
你装扮咁销魂③,睇睇到透;
唔搽脂粉格外风流。
做乜④你仲⑤花红辫团成珠,
耳环翠色半含羞?
一双淫眼衬住樱桃口,
嗰件⑥蓝衫益发惹人愁。

---

① 咁派头:这么华艳。
② 嬲:喜欢,爱慕。
③ 销魂:耐看,值得。
④ 做乜:为什么。
⑤ 仲:还。
⑥ 嗰件:那件。

怀裆着胸前遮住对奶,
一毫香港扣①在襟头。
下着乌裤一条光到滑溜,
青莲②裤带露出两个丝球。
脚鈪③打成莲子藕,
水磨雪白足踭头。
你行动犹如风摆柳,
果篮手挽咁就两头游。

这首独唱,把一个疍家女描写得栩栩如生,对她的相貌、眼睛、头发、衣着、脚饰、神态、动作都作了生动而真实的描绘。

疍家妹卖生果
声言香荔兼共糖莲藕,
香蕉菱角润得你咙喉,
沙梨更重桑麻柚,
夏茅芒果美味珍馐;
频婆熟透伊开口,
仲话石榴一对遂你心头;

---

① 香港扣:疍民多以香港银币作钮扣,故称香港扣。
② 青莲:紫色。
③ 脚鈪:脚圈。

至好系西瓜，君呀，你红都食透，
恐怕你甜橙得食又番头①；
石围杨桃真正滑溜，
有样香甜圆眼②出在平洲；
白榄心思尝不歇口，
菠萝蜜味会水流流。
果色咁多问你边样中意来消受？
边位嘟啲朋友想帮衬③就开声喇。

19世纪通草画《卖西瓜》

　　岭南水果，品种多且又是佳品美味，那是誉满全国的。这首咸水歌，不但歌声悦耳，而且介绍许多岭南佳果，能不使你垂涎三尺吗？这咸水歌也是"唱卖"，但它又完善

---

① 番头：回头。
② 圆眼：龙眼。
③ 帮衬：光顾。

多了。

听了这首歌后,仿佛看到一叶满载五颜六色水果的小艇,船尾坐着一位着薯莨①窄衫的健美迷人的蛋家妹,正一边徐徐划着船桨,一边动人地歌唱着。那颜色、天空、河流、人物,构成了一幅南国生活的图景……

蛋家女

很自然地,人们又会想起清代冯询《珠江消夏竹枝》的其中一首:

---

① 薯莨:多年生缠绕藤本植物。下有块茎,外紫黑色,内为棕红色,可作棉、麻、丝织物和鱼网、渔衣等的染料,使利水耐用。对于长期行走江河的蛋家人而言,薯莨衣易干且价廉,是一种长期流行的服装。

薯莨衫窄笠丝堆，装束随宜笑口开。
午睡乍醒魂梦脆，绝清三字荔枝来。

掩卷思之，好像还听到"摇橹声相续"（清代黎美周诗语）。这是水上居民生活的一面，另一面却没有那样抒情那样美了。其实，从整体来看，疍家的生活是很苦的，民谚说"官三，民四，疍家五"，可见"疍民的生活，是极困难"的。（罗香林《疍家》）他们除了要受一般平民的苦外，还受特别的歧视和压迫。所以他们常常唱《怨命》歌：

> 唉，朋友呀妹，
> 柴米呀油盐就容易揾呢，
> 朋友呀妹，
> 之总系万恶呢金钱就揾未能呀呢。
> 唉，朋友呀妹，
> 你睇吓当铺就当呀衣呢，
> 但又唔就唔当命呢，朋友呀妹，
> 我呢条呀难难命呢，
> 又怕比当呀呢收呀藏呀呢。
> 唉，朋友呀妹，
> 你睇吓热头①佢晒衣呢啦，

---

① 热头：太阳。

> 唔就唔晒命呢，朋友呀妹，
> 我呢条呀难难命呢，
> 又怕晒极都晒佢呢唔呀成呀呢。

这首歌唱出疍民哀叹自己命贱。它先从具体哀叹揾食难开始，接着用比喻的方法说明命不如衣，衣服可当（有价值）、可晒（有转机），但命却不成，所以这是一条"难难命"。这是疍家深沉而辛酸的叹息。他们将泪水溶化在自己的歌声里。

清代劳孝舆《阮斋诗文钞》中有广州竹枝词云：

> 蚬埠年来惯渐高，蛋船终日尚劳劳。
> 东南水利皆成税，何地还堪漫下篙？

在疍家人看来，连下篙的地方都没有，怎么不命苦、命贱呢？其实，《怨命》是疍民在重压下的悲愤之声。因此，疍民把反映他们生活的咸水歌又称为"叹命歌"。

不过，咸水歌还是以男女对唱、各唱两句的居多。目前的资料，多是记录歌词，但在1926年钟敬文的《中国疍民文学一脔》中，却记录了一首有词有谱的咸水歌，这恐怕是比较少有的一个珍贵记录了：

> 日落西山是夜昏，啰，
> 士士上×六工×上士

点起孤灯照孤房，啰，
士×上上士合合＜工
日来想见勿得暗，啰，
士士上×六工×上士
冥来想兄到天光，啰。
士×上上士合合＜工
余音：上士合　工×合　上士合上合

从这个记录中不但知道歌词内容，而且了解到它大概的唱法，或者说，可以知道咸水歌的一种唱法。其实，广州咸水歌的唱法，尤其是句中衬词的使用上是比较灵活的。1981年广州市文艺创作室编印了《广州地区民歌一百四十首》，其中就辑录了这样的一些咸水歌：

男唱：妹呀好啊哩，
　　　海底珍又珠呀哩容易又揾呀哩，好妹啰，
　　　妹呀好啊哩，真又心呀哩哑亚又妹哩世上
　　　难呀哩寻呀啰。
女唱：哥呀哩，
　　　海底珍珠哩容易揾哩，好哥呀啰，
　　　哥呀哩，阿哥世上难哩逢呀啰哎。
男唱：妹呀哩，
　　　筷子一双哩同妹拍档哩，好妹呀啰，
　　　妹呀哩，两家哩拍档就好商哩量呀啰哎。

女唱：哥呀哩，

　　　生食藕瓜哩甜又爽哩，好哥呀啰，

　　　哥呀哩，未知哩何日筷子挑哩糖呀啰哎。

男唱：妹呀哩，

　　　鸡跳麻篮哩心搅乱哩，好妹呀啰，

　　　妹呀哩，未知哩何日结良哩缘呀啰哎。

女唱：哥呀好啊哩，

　　　山顶种又葵呀哩葵葵合扇呀哩，好哥啰，

　　　哥呀好啊哩，共又哥呀哩携手结良呀哩缘呀啰。

这是蔡志铨记录的一段咸水歌。它的衬字衬词特别多，表现了咸水歌多种多样的唱法，它缠绵动人的情调，更恰当地表现了疍户青年男女的思想感情。冼星海在《民歌与中国新兴音乐》一文中提到：

中国民歌还有它的衬词，比如唉呀、哟、啊、嗨等等，都是为外国音乐所没有的，这些衬词表达出民众工作时愉快或悲苦的情绪。

咸水歌就是这样充分利用衬字衬词，来表达人们的情思，达到准确传情达意的境界。

疍家是以咸水歌来表白自己的，所以，"他们生活之绝大安慰与快乐便是唱歌。休息时，固然要唱，工作时尤要唱，独居时固然要唱，群聚时更加要唱，所以在他居处中，无论是在烟雾犹迷的清晨，日中鸡鸣的停午，月明星稀的晚上，都可闻到他们宛转嘹亮的歌声，有如歌者之国一样"（罗香林《疍家》）。

咸水歌以它柔扬的声调、坦率的表白、泼辣的调情和唱尽水上人家的生活感受而闻名于世。它是疍家人思想和生活、性格和习俗、感情和历史的见证，因此，研究咸水歌是很有意义的。

五 形形色色的婚俗歌

1　喜事临门，歌声不绝

婚俗歌是在婚事中表心意和闹耍的歌，包括叹情（或称送老）、拦门、坐堂（或称堂歌）、送花、闹房、糖梅等。按邓绥宁说：

> 粤歌是一个泛称，其中包括的歌有拦门、坐堂、送花、糖梅、采茶、踏月、抛吊、跳禾、师童以及独歌、月歌、踏歌、歌仔，除踏歌一种歌辞尚存清朝的李调元《粤风》中，其余的歌辞均已失传。（《广东文献》第十卷）

但是，广州婚俗歌中的开叹情、题四句和闹房歌等，仍偶有文字记载，得以侥幸为后人研究和欣赏。

粤人婚事，从女方出阁到三朝回门最为热闹，因而这段婚事过程中的歌也最多，可以说整个婚事都是以唱歌来致贺的。宋代周去非在《岭外代答》中说：

> 岭南嫁女之夕，新人盛饰庙坐，女伴亦盛饰夹辅之，迭相歌和，含情凄惋，各致殷勤，名曰送老，言将别年少之伴，与之偕老也。其歌也，静江人倚"苏

幕遮"为声,钦人倚"人月圆",皆临时自撰,不肯蹈袭,其间乃有绝佳者。凡送老,皆在深夜,乡党男子,群往观之,或于稠人中发歌以调女伴,女伴知其谓谁,亦歌以答之,颇窃中其家之隐匿,往往以此致争,亦或以此心许。

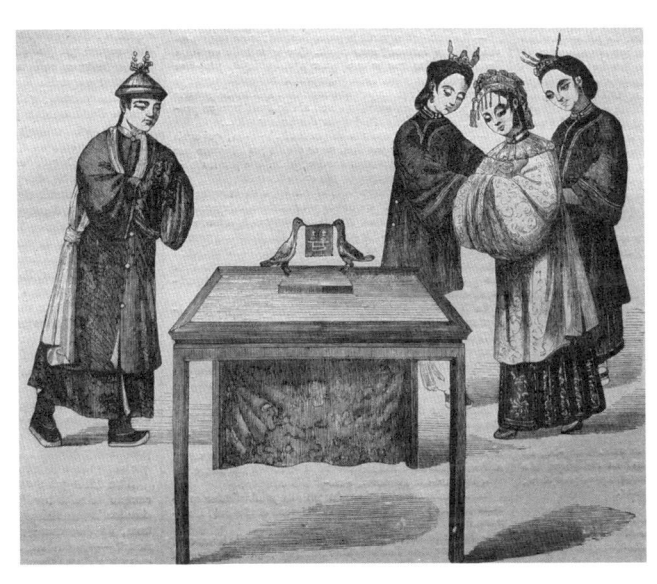

《广州富商的婚礼》,法国《天下画报》,1858年7月3日

再看看《中华全国风俗志》和《广州府志》的记述:"明,广州,旧俗民家嫁女,集群妇共席唱歌以道别,谓之堂歌。今虽渐废,然落尚或有之。"如果翻开屈大均的《广东新语》或李调元的《粤东笔记》,可以看到清人更加详细的记载。《广东新语·粤歌》记载:

粤俗好歌，凡有吉庆，必唱歌以为欢乐。以不露题中一字，语多双关，而中有挂折者为善。

挂折者，挂一人名于中，字相连而意不相连者也。其歌也，辞不必全雅，平仄不必全叶，以俚言土音衬贴之。唱一句或延半刻，曼节长声，自回自复，不肯一往而尽。辞必极其艳，情必极其至，使人喜悦悲酸而不能已已，此其为善之大端也。

故尝有歌试，以第高下，高者受上赏，号为歌伯。其娶妇而亲迎者，婿必多求数人与己年貌相若而才思敏给者，使为伴郎。女家索拦门诗歌，婿或捉笔为之，或使伴郎代草，或文或不文，总以信口而成，才华斐美者为贵。至女家不能酬和，女乃出阁。此即唐人催妆之作也。

先一夕，男女家行醮，亲友与席者或皆唱歌，名曰"坐歌堂"。酒罢，则亲戚之尊贵者，亲送新郎入房，名曰"送花"。花必以多子者，亦复唱歌。自后连夕亲友来索糖梅啖食者，名曰"打糖梅"，一皆唱歌，歌美者得糖梅益多矣。

从地方志和古代笔记看，在进行婚事过程中，是"一皆唱歌"的，这已经成为岭南的一种风俗了。现在就手边的资料谈谈这些婚俗歌。

2 哭嫁歌——开叹情

广州的婚俗，是一种喜庆的婚俗，其歌原应一概令人"必唱歌以为欢乐"（屈大均《广东新语》）的，这似乎毋庸置疑。但是，奇怪的是在这一类歌中，有一种名曰"开叹情"的，却没有这种喜庆的气氛，倒是带着哭声唱的，歌词内容也多哀怨，实在是一种怪异的婚俗歌。

据说开叹情主要是表示女儿恋家之情，现在父母忍心把她出嫁而不能尽儿女的孝心，尤其是媒婆的花言巧语怂恿其父母撮成婚事，等于是割断其在家里地位和对父母的依恋之情，所以，一旦出嫁，怨其父母的狠心，恨媒婆撮合的毒心，因而以歌代言，唱出其心中的怨恨，故哭唱咒骂皆有之。

清代的陈徽言在道光庚戌年（1850）写了一本《南越游记》，书中记述：

> 广州女子于归时，邻里咸党咸来送嫁，每一人至，相对噫呜流涕，若歌若哭，移晷乃罢，已复自詈媒妁并及其夫，情辞愤惋，满座唏欷，俗谓之"开叹情"。其平日盖皆有人教之使然，甚或一二不善哭者，众反以为不祥。儿女离厥父母，娇痴之态，发于

自然。诗所云"女心伤悲,殆及公子同归",不其然乎?独局外者相与助哭,未免多此装模作样行径。百两盈门,哀声雷动,殊可粲也!

这则笔记写出了"开叹情"的概况,令后人有一个形象的认识。现在我们来听听它的歌。

开叹情的开唱,必先喊受歌者的称谓,如"唉,阿爹呀!——""(哭声)阿娘呀!"然后,唱出心里的怨和恨,至表述完后一句末亦有一个"呀"字。开首句"呀"字是唱出去声,末句"呀"字唱出下平声。每首叹情都是同音异调相接,怨恨之声很能感人,而旁听者却引以为乐。唱者与听者的气氛那样不协调,真是一种奇异的风俗现象。

台湾学者马之骕在他的《中国的婚俗》一书中,是这样描述的:

> 旧时女子无社交机会,更不可能与男子接触,所以一提到嫁人,就有几分羞意,尤其当待嫁有期时,都很害羞,因此,在出阁的前数日,必都深居闺房,不敢出头露面。不过,做父母的,都照例把亲友或邻居的少女请来为女儿做伴,一直陪伴到出阁为止。这些被邀请的少女当然都是"待嫁娘"平日要好的手帕之交了。在此期间,"待嫁娘"每于人前哭泣,而且不时哭唱哀歌,这些来做伴儿的女友也不时一块儿唱

哀歌，俗称"开叹情"。此地"开叹情"之俗，是嫁女之家的一个重要节目，尤其有才情的"待嫁娘"，她可定时哭泣歌叹，以便吸引邻居前往听歌，借以显示她们的才华。她所开叹的歌词，则因人因事顺口而歌，或则怀念亲情，痛惜生离，则一人一歌，或借物咏怀，或触景阐情，则一事一歌，一物一歌；这些女伴也互相唱和，哀艳动人，其歌词多能含雅韵者，而成一时之美谈。

其实，"开叹情"的场面是很热闹的，房子内外人头攒动，间有挑逗的声音。突然，将出阁的少女从少女群中发歌唱道：

> 一出日头晒得高，
> 交带我爹等三朝。
> 三朝唔等等七朝，
> 七朝唔等等九朝，
> 九朝唔等心就焦。

这样，叹情就算开了。之后，歌声断断续续相接，如果旁听者有发歌挑逗，立刻会引起斗歌的热潮，或互答，或互骂，或互嘲：

发歌：
唱歌人姐真正好歌喉，
敢同你哥唱到日出头。
最好收声回家去睡觉，
在我枕边听你唱温柔。

对答：
唱歌人仔会藏躲，
想占便宜心又多。
阿姐本想点醒你，
怪你长个牛耳朵。

一阵打闹、欢笑、赞叹之声骤起，多是对才思敏捷的女伴的称赞。之后，将出阁的少女又唱：

一来难舍爹同娘，
二来难舍姐间房，
三来难舍我哥嫂，
四来难舍姊妹行。

鸭子落塘合过阵，
折散你妹一个人。
柚柑擘片分离散，
香橼擘片分离难。

民国早期香港苏瑞生中药厂广告上的新娘子

五 形形色色的婚俗歌

同你一对鸡公子,
上厅捡谷下厅啼。
打开笼门就拆散,
我姊在东妹在西。

第一哭句天上月,
月朔团圆天下明。
第二哭句田边草,
草死禾生米便宜。
第三哭句家和睦,
齐心才有万事兴。
第四哭句福星照,
爹娘高寿享晚年。
第五哭句人心好,
各家各户永安宁。
第六哭句时日好,
风调雨顺过太平。

唱到媒人,语气突变,字字毒辣刻薄,句句是咒骂之声。刘万章《广州的旧婚俗》记录了一首:

山中啊鬼,
你使过我爷银共两,
三年大病不离床,

你黄瓜倒瓤黄瘟病,
又归西瓜倒瓤咯血死。
左脚入门生贱趾,
右脚入门生大蹄。
上到桥头桥板拆,
就将桥板钉棺材。

(哭着骂夫家)
保佑阎王家冚铲①,
铲为平地起庵堂。
七星大宝殿,
杀死阴人女复阳。

过去女孩子的婚事,掌握在两种人手里,除了父母亲,就是专靠舌头为生的媒人。父母凭主观为女儿安排婚事,媒人却靠婚事去赚钱。两种人的目标不同,却往往做成一种效果,即撮合并不如意的婚姻,这就是所谓"父母之命,媒妁之言"。因此,妇女对于降临到自己身上的痛苦婚事的怨恨,都集中到媒人那张谎言骗语的嘴上。

开叹情的内容是多方面的,形式也是自由的,它没有受到限制,只要是表示"待嫁娘"的心意就可以咏叹,所

---

① 冚铲:全部铲掉。广州话的"铲"还有死掉的意思。

清代广州外销画画师庭呱线描画《媒人公》

以,它能广泛地利用各种诗体形式来表达自己的心境,比如利用"数月诗"体来咏叹也是有的:

十二月叹词

唉,我妹呀,

正月水仙台上摆呀,

还有石春伴住水仙头呀。

二月桂花贵地种呀妹,

你姊学人闲话贵地长呀,唉众妹呀。

三月白兰过街叫佢买呀,

买来白兰奉神前呀。

四月黄兰难到低呀妹;

我难到底有乜谁知闻呀。

唉，我各位姊妹呀，

五月鹰爪冇心人冇义呀；

你姊冇心咁就苦低连呀。

六月米仔兰两样米呀妹；

问你两样花名边样香呀。

七月玫瑰花香由我妈亲手种呀；

官家①看见全盆搬呀，阿妹呀。

唉，我各位姊妹呀，

八月金菊海棠来斗艳呀；

我妈移佢到厅堂呀。

九月白菊花开开得含笑口呀妹；

菊花含笑我含愁呀。

唉，我各位亲爱呀妹呀，

十月大红花开得满园红过日呀；

红花难续我命长呀。

唉，我各位亲爱呀妹呀，

十一月桃花含蕊笑呀；

佢家欢喜笑我担愁呀妹。

唉，我哋亲爱呀妹呀，

十二月腊梅花开年将近呀，

保佑我爷娘寿命延长呀。

---

① 官家：此处指男家。

据说这是广州花地的"待嫁娘"通常唱的叹情,这"数月"式的叹情是借花诉说了自己离家出嫁的愁苦,表达了新娘眷恋娘家的思想感情,同时表现妇女对封建礼教的反抗和对自由婚姻、幸福生活的追求。像这样的歌,它的内容包含了恋家、嫁得不称心、对爹娘的祝愿,和间接或直接表示自己的意愿等,成为"开叹情"歌的基本调子。

"开叹情"一般以七言为基础,杂有其他字数的句子,形式相当自由。现举小册子《俗本红白事叹事书》中所辑录的"叹情"为例:

> 唉!
> 我的姊呀!
> 十月阳春唔系冷,
> 点解拈针日日败衣裳?
> 穷等人家粗着[①]惯,
> 使乜红红绿绿咁在行?
> 嗰日媒人三婶到,
> 原来系姊包槟榔[②],
> 外向生成从古话,
> 盲婚哑嫁实在凄凉。

---

① 粗着:不计较穿着。
② 包槟榔:粤俗的订婚仪式。

成世肉随砧板上，
算你凤冠霞帔亦寻常。
好极翁姑唔似新生养，
好极才郎都要去外乡。
唉！
我的姊呀！
真系岗边生草无时日，
不经不觉十多年长。
明日花轿临门吹打响，
返归何日共姊商量。
一个雪梨分共享，
今日分享仲惨过鸳鸯。
剩妹孤单年未长，
好似粒粒莲子苦心肠。

可见这是新姨仔的叹情。叹情利用了比较自由的长短句，并且使用了"唔系""点解""粗着""使乜""嘅""仲"等口语化的语言，还和其他民歌一样运用了"比"（"成世肉随砧板上""好似粒粒莲子苦心肠"）、"兴"（"真系岗边生草无时日""一个雪梨分共享"）手法，通俗形象地抒发了姊姊临嫁前的难舍难分的姊妹情。

"开叹情"的活动，往往是通宵达旦的。到迎亲的人在外边叫门，迎亲的鼓乐声齐鸣，男家队伍紧张催促的时候,房内的"开叹情"也就更热闹了,连唱带哭的"叹情"也更厉害了,一直到有人以"别误吉时"相劝时才停止。

这就是"开叹情"的一般情况。

3　贺婚歌——题四句

广州婚事的习俗,还有在入洞房之前的"食暖堂饭"。吃饭时,照例有"题四句"的活动。简又文在《广东的民间文学》中这样记述:

> 于大厅中置大八仙桌设盛筵,新娘、新郎坐于一方,朝着大门,有案兄弟①四人分坐两旁陪伴同食。一方高插龙凤花烛,按时燃着。各就座后,即由案兄弟高声"题四句",唱出吉利贺辞,旁观者为之鼓掌,倍加热闹。

这就是说,"题四句"多是即兴之作,随作随吟唱,睹物随情而发挥,一般是很难留传的。幸而在1946年,在

---

① 案兄弟:新郎同窗或挚友。

地摊书档中出现过一本《广州四句》小册子，尚存录了一些"题四句"的痕迹，我们可以从中窥见这几乎被湮没的俗文学的面貌：

> 肆筵设席甚归齐，聚集一堂贺娶妻。
> 合卺交杯传古例，戚友亲朋四句题。

> 乘龙今夕小登科，俗语常言娶老婆。
> 五百年前因有果，礼行奠雁是初初。

> 君子今宵逑淑女，夫妇同心共唱随。
> 两老添寿成百岁，儿孙代代壮门闾。

> 祝贺喜事财顺遂，新婚获福把邪驱。
> 互敬互爱互谅解，永谐伉俪赋关雎。

> 新郎新娘人壮健，财源滚滚买肥田。
> 百福永在无改变，世代荣昌享万年。

其实，"题四句"不一定是七言的，简又文就题过"龙烛辉煌，照耀暖堂。之子于归，宜尔家邦"这样的四句。看来"题四句"除规定是四句话外，只要是"吉利贺辞"即可。比如"贺喜贺喜，今日饮杯喜酒"，祝福新婚夫妻"永谐百岁"，这样的题四句也是有的。所以客家人办喜事时,索性把这一活动称之为"说四句",也有人说它是"题试句"。

李汉枢的《粤调说唱民歌沿革》中这样说题四句:

> 作用在求吉利,但也借此以取笑,甚或挖苦新妇新郎,谑而虐的,主人也不见怪。……衣冠齐整的人,路过喜宅,适逢举行梅酌,随便可以入座参加,主人反以为荣,不必问是否有亲故。

入座之后,助兴者便可以"题四句",雅俗均可,不必拘束,随说随乐,比如:

> 鱿鱼似个啤①,莲藕切风车。
> 阿妈都话:"唔嫁自咯。"
> 我话:"就咁呢!"

这样通俗谐趣的"题四句",往往是能够使欢乐的婚事更添热闹的。所以,旁观助兴者不亚于"开叹情"那样热烈活跃,其取闹也不会低于闹新房时唱"闹房歌"的欢动喧笑气氛。

---

① 啤:筒形的意思。

不是吗？客人以"题四句"好意笑话新娘早有喜了：

明日见阿嫂，快啲问个早。
佢话唔得闲，赶住去买醋①。

4　新房歌——闹房歌

闹新房——这是婚俗的高潮。在婚俗歌中，闹房歌也最多。

1947年广州民智书局印行了一本小册子《新编趣致闹房歌全集》，里面就列有庆贺新婚的、初尝滋味的、新婚佳景的、赞羡才貌的、恭贺鲜花的、花笺大意的、贺递双杯的、洞房花烛的、嘲笑姨婆的、九子连登的、夫妻恩爱的、庆贺古人的、恭贺大众的闹房歌等，可见闹房歌类别之丰富，闹房这一婚俗的热闹是不难想象的了。

坐在兰房上，公举我来唱。
歌词唔熟未精良，记得几句唔似样。
亦要唱，或时有加赏，
贺汝两人真好命，

---

① 买醋：孕妇喜吃酸食，以此暗示新娘有孕在身。

有子有孙笑洋洋。

"唱头"一开口,闹房歌就算开场了,闹房歌声此起彼落,这边歌声刚停止,那边就唱出来了:

吉期新又彩,天决鸾凤配,
牛郎织女渡河来,选定良时今晚会。
初相爱,天长地久耐,
恭贺明年早生仔,请饮姜酒我到来。

有的闹房歌是由一个"好"字带出来的:

好人更好礼,好酒好埋哂。
好运自有好生涯,好女送来好女婿。
好夫妻,好禾兼好米,
好时好日双杯递,好福好寿百年齐。

闹房歌多数是一些贺喜的歌,特别是对新郎新娘的赞美,而重点又多是在对新娘的品评上:

新娘真好样,柳眼非凡相。
身材生得好排场,艳冶丰姿殊堪赏。
白又靓,妹妹难休想。
纵使西施犹推让,倾城绝色确超常。

这样的闹房歌,可以通宵达旦地你一首我一首地唱个不停,其中也杂有闹趣的闹房歌:

> 歌仔都搜尽,新郎又唔信。
> 声声话我唔够勤,肚里有歌口难认。
> 若要唱,唔嫌我俗品,
> 喊我唱歌唔打紧,糖梅米煎要卅斤。

有时就是这样你逗我唱,我唱你续,常常到月挂西枝、启明星初露时,闹房的亲朋戚友尚有不止的,好心的人马上提醒大家:

> 启明星将上,
> 灵鸡就想唱。
> 新人嘅话几夜长,
> 今晚唔同昨晚样。
> 结鸳鸯,
> 千祈勿推让,
> 两人同爱同欢畅,
> 犹如彩凤去朝阳。

这种劝止是非常得体的,有些闹房就此而止了,有些却是几个人(一般是伴郎伴娘和至亲)一齐唱一首"恭贺大家"的闹房歌,以表示新喜之家的祝愿和答礼:

歌仔个时都唱过，又来唱出好时离。
新郎新娘来听唱，夫妻和顺百年长。
新翁家婆来听唱，好时好日做家娘。
八十公公来听唱，越老越壮福寿长。
八十婆婆来听唱，逢孙见塞几高强。
深闺美女来听唱，针黹①工夫甚非常。
七姐下凡来赞赏，仙姑共你结红娘。
读书君子来听唱，手扳丹挂姓名扬。
横梳大嫂来听唱，必定一胎生仔俩。
耕田阿哥来听唱，斗种还割二十箩。
生意司头来听唱，来钱钿小利钱长。
打工阿哥来听唱，工钱双倍收入涨。
媒人阿婆来听唱，时时送嫁走路长。
个个人仔来听唱，快高长大身体强。

闹房歌除了集体唱的外，一般是有一定格式的，多是一首8句，其字数依次如下：五言2句，七言2句，三言1句，又五言1句，又七言2句作结。

婚俗歌是充满热闹气氛的歌，我们在研究这些婚俗歌时，不难看出人们追求美满生活的朴实真挚愿望。让这些带着喜庆和欢乐的古老歌声，去耕耘现代人那善良的心田吧！

---

① 针黹：指缝纫、刺绣等针线工作。

六 呼天抢地的喊歌

1 长歌当哭

喊歌，是悲痛欲绝的生离死别之歌，是人们在永诀时唱出来的哀怨、祈求之歌。粤语的"喊"，就是"哭"。所以，喊歌就是哭着唱的歌，是办丧事的歌。这类歌，客家人称之为"叫哀子"。金帆在《方言文学》中谈到喊歌时这样说：

> 这种"曲"即调子，很简单，很自由，可任意伸展，"词"则长短不拘，没有韵，代替韵的是每一句后面附有一个"爷"或"娘"或"夫"字（看死者是谁而定）。有些聪明的中年妇女或经验丰富的老太婆，她们会把他们的生活、过去、现在、未来，一句一句地哭诉出来，哭一两天也哭不完——虽然有些地方会重复。因为是由生活里面迸出来的心声，有真的生活和真的感情，所以非常之感动人。词句也非常之形象——生动而具体，很少抽象的呐喊。

屈大均的《广东新语》记述了发生在明末清初的这样一个故事：

> 丙戌，广州不守，女投井而死。……一夕月明，李见一好女子身被湿衣，前拜曰："妾湛氏女也，非君执议，游魂无依矣。请赋诗志妾之死。"言毕而灭。予抚琴而为之操曰："呜呼噫嘻，井之阴阴兮，美人以其魂嫁犹不沉兮。匪一日之沉兮，何以得君子百年之心兮。谢君之友兮，以礼而合幽明之瑟琴兮。"

这个故事里，李生抚琴所唱的就是喊歌。比这更早的，如《诗经》"国风"中的《葛生》（妻哭亡夫）、"小雅"中的《蓼莪》（子哭父母），都是喊歌；《庄子》中的"大宗师"篇中还写到三人"临尸而歌"等。可见喊歌是很古老的。

不过，那些也许都经过文人的修饰，而流传在民间的喊歌，则没有这样"雅"。

现在举妻哭夫的例子：

> 有你在生，大锅煮；
> 冇你在生，吃番薯。

这是很通俗、很现实、很具体的喊歌，它用对比的手法，表达了妻子对死去丈夫的怀念。不过没有那样文绉绉，而是大胆地借柴米夫妻的现实生活来说明。

2 自由的节律

真正的民间喊歌,大都是很有生活气息的,是人们哀恸时发自内心真情的歌。因此,多是诉说胸中的悲愤,在一声长呼逝者的称谓之后,即痛切而陈,时诉时唱,这唱是按照习俗一定的调子来唱。一般说喊歌的唱是没有严格规定的,是比较自由的,特别是句子长短、拖音、声调的高低、停顿等,完全由喊唱的人自由掌握,可以说喊歌是由情绪控制的歌。

《清俗纪闻》中的祭扫图

1948年，广州五桂堂书局出版了一本《时款喊书》，搜集了喊歌一些例子。从这些例子里，我们完全可以看到喊歌的原型：

> 我心肝哟肉（呀），
> 我往常到来有儿叫句母（哑），
> 今日我叫千声总不闻（哦）！
> 我的心肝哟肉（呀），
> 放下个孩儿凭谁带（哑），
> 孤单一个让你娘携（哦）！
> （母亲哭女儿）

有些喊歌，虽然悲中哭诉，但却是出口成文：

> ……坑水倒流鱼倒上（哑）
> 做乜白头人送黑头人（嚰）
> ……
> 亏你含冤归地府（哑），
> 生儿无命养成人（嚰）
> （婶娘哭侄女）

> 做乜黄梅唔落青梅落（哑）？
> 倒转尊年送少年（嚰）？
> （姨妈哭外甥女）

契女(呀),
自小结交如骨肉(哑),
只言地久与天长(嚱)。
唔估到道途分两路(哑),
可怜人事隔阴阳(嚱)。
契女(呀),
你我一心行到老(哑),
我亦望你为人节节高(嚱),
只话往来多体顾(哑),
点想今日人情有若无(嚱)。
(契妈哭契女)

……当日你嫂到来无限喜(哑),
唔想今宵流泪泣尸前(嚱)
……我今日对尸唯洒泪(哑),
钉棺难见妹颜容(嚱)。
姑嫂从今无会面(哑),
梦魂夜伴正相逢(嚱)。
(嫂子哭小姑子)

这些对死去亲人呼天抢地的哀哭,是撕裂人心的。

3　职业喊歌人

由于习俗相传，还出现了职业的喊歌人。这都是些中年以上的妇人。刘万章《广州旧丧俗》作了这样的记述：

> 有一种老婆子，专替丧家做唱喊的工作。因为许多有钱人家，那些妇女，对于死者虽然悲哀，却不肯牺牲声音去大哭，或者事情多不暇哭，可是不哭或哭而不大声，对于门面上很有关系，不得已，请别人来代替；辗转相延，便有一种老婆子专干这样勾当，俗语叫她做"喊口婆"。她喊的是有音节，有韵调，含有美的歌。

这些被请来的"喊口婆"，都有一套现成的喊歌在肚子里，以适应丧家的不同需要。这些被雇佣来的职业妇人，在灵前哭奠而大唱挽辞，都是有声无泪或假泪假哭的，喊歌在这种情况下出现，就变为俗套了。

一些好事者把民间喊歌稍加修饰，整理成文，供人采用。流行在抗日战争之后的《散锦》，就是喊歌这类歌词的集子，现摘录一些以见一斑：

黄蜂无王砂仔散,
今日无你我十分艰难。
手扪心头我自想,
今世无望共你解愁肠。
人讲黄连猪胆苦,
不及我失去你苦悲伤。
千辛万苦养儿女,
养大儿女你却离世场。
人家儿女还恩早,
家道贫穷作塌你功劳。
我哋来世愿变牛,
任你使唤好嚟还你债。
愿你在天堂好过,
唔好阎王日夜到来寻。
（喊世情①）

山上甜茶人收尽,
阎王法令收娘冇留情。
万望阎王抬高手,
打开天门地府任娘游。
花盆种花喷鼻香,
未及我娘做事好心肠。

---

① 世情：有世交关系的人。

今日我娘居地府,
今世难望共娘话短长。
(喊娘)

蓝青衣裳来穿上,
今日特来送爹上天堂。
一脚踏上巷口处,
眼泪流流来到爹家堂。
入到家堂对爹叹,
家道贫穷爹你一世捱。
爹你世居愁万种,
想你在生又怕你再捱。
(喊爹)

孝衣齐全当天着,
儿孙穿上好上奠堂。
身穿黄麻无主张,
手绑麻带眼泪汪汪。
头带草笠心带苦,
着起孝衣魂魄走光。
(喊上孝衣)

高低不顾忙走步,
行行不觉到江河。

来到江河望一望,
睇见条水白茫茫。
就将膝头来跪下,
放金放银谢龙王。
买水替你来洗装,
洗净云身好上天堂。
(喊买水①)

其次,还有喊时文、喊煮饭、喊装饭、喊解结、喊换盏、喊出丧等等。凡丧事旧俗的规程事事可喊,并且在某一个程序中,因丧家情况如钱财、官位、职业、长少、嗜好、忌讳、信仰等等不同,其喊歌的具体内容也不同,这就是职业的"喊口婆"在使用成文的喊歌时灵活变通的本事了。

4 拆字名

有一种喊歌,不论在什么样家境情况下都可以使用的,称为"拆字名"。这种喊歌一般为上下两句,上句为

---

① 买水:在广东各地区民间的丧葬中普遍流行的一种习俗,就是丧家前往江边,通过"买"的方式取水为死者沐浴擦身。宋周去非《岭外代答》记载:"钦(州)人始死,孝子披发顶竹笠,携瓶瓮,持纸钱,往水滨号恸,掷钱于水,而汲归浴尸,谓之买水。"

拆字,下句把拆了的字嵌入哭诉的句子中。这嵌入的字,没有一定的位置,可以是第一个字,也可以是句末的一个字,形式比较自由,试看例子:

(1)秋字下心条命苦(呀),
　　愁怀独坐怨悲啼(嚜)。
(2)眼看母你朋字上山魂欲断(呀),
　　哭崩地土在埃尘(嚜)。
(3)想字抛相意欲寻别世(呀),
　　总系心怀慈母未舍得丢离(嚜)。
(4)今字连心我娘人行短(呀),
　　因何唔念女悲啼(嚜)。
(5)口在衙门监内困(呀),
　　夜游曲别问母知唔会(嚜)。
(6)桥丝挨工结得缘份浅(呀),
　　古来薄命叹红颜(嚜)。
(7)井字到门长受困(呀),
　　愁思百结冇日开眉(嚜)。
(8)乂字把两点爬清王下去(呀),
　　点得神明庇祐赐我母还阳(嚜)
(9)呢阵耳字入门无会面(呀),
　　任你灵台哭极母唔闻(嚜)。

我们可以看到以上9个例子,所嵌入拆字的位置都是不相同的。据说聪明的喊口婆可以用这样"拆字名"喊上一两个小时而不停止,丧家亦没有心思留意听她哭喊些什么,反正有人在那里啼哭,丧事就算有个样子了。

喊歌,不论它原是发自真情还是已变成俗套,都是人们所需要的。古语云"长歌当哭",又说"悲歌可以当泣",喊歌正起了这样的作用。

5 酒白

广州还有一种习俗,一个人刚刚死了,就请喃呒佬来替死者超度,给死者指引一条干净的路,好让死者找到一个好归宿。因为灵魂初脱躯体时,对周围的东西是陌生的,因此,要有人来给灵魂指导,这责任就落在喃呒佬身上。

《广州府志》中记述:"始死,召师巫开路,安魂灵。"巫用以招请灵魂唱的歌,据说鬼神是会听到的。巫歌又称为酒白,所谓"酒白",是向亡魂的劝酒词,用来劝解和安慰灵魂的。试举例如下:

人死如灯灭,犹如汤泼雪。
若要转还阳,水底捞明月。

渺渺黄泉路,冥冥地府关。
只见人多去,哪见一人还?

人生百岁梦中游,世事如同水上鸥。
正得春光弹指去,一场世事转头空。

人生大幻古今同,暂寄南柯一梦中。
适去适来皆是幻,方生方死总成空。

一度思量一度悲,二度思量珠泪重。
三度思量人不见,低头唯见纸钱灰。

亡灵一去永无踪,生死阴阳路不同。
若要相逢难见面,除非梦里谈笑中。

罢了休时罢了休,一条丝线系孤舟。
风吹线断舟流去,叫尽千声不转头。

哭一场时痛一场,悲悲切切未为伤。
想起生前言共语,恰如刀割断肝肠。

远观天上星和月,近看人间水共山。
星月水山长在世,不知人换几多番。

阳魂阴魂杳无踪,一去幽冥再不逢。
只望百年成骨肉,何期大限各西东。

还有一些酒白是专门为夭折的孩子唱的:

牡丹初绽遭盈雪,芍药方开遇晓风。
如此妙龄留不住,合家骨肉痛肝肠。

青春琴瑟正和鸣,岂料如今隔此生。
雪魄霜魂空入梦,双眸两滴几曾停。

酒白是巫歌,本应带有浓厚的迷信色彩,但是,从上述例子来看,与其说其宣扬"人生如梦""世事皆空"的思想,不如说其真实、自然地唱出了悼念者的心声。

七 广州竹枝词

1　名家竹枝词

竹枝词原来是四川一带的民间歌曲。后来为唐代诗人刘禹锡所采用,于是成为一极新的诗体。它少用典故,多用白描手法,巧用谐音,内容多是描写乡土景物、民间风俗、地方特产和劳动者的感情。总之,竹枝词的限制比较少,相对地比较自由、通俗,是饱含着浓厚的乡土气息的歌谣。因此,为历代文人墨客所乐于仿作。到了清代,诗人仿作的竹枝词更如雨后春笋般出现,就以描写广州地区的作品来看,其中比较著名的有:屈大均的《广州竹枝词》、王士禛的《广州竹枝词》、杭世骏的《珠江竹枝词》、王贞仪的《粤南竹枝词》、谭敬昭的《珠江竹枝词》、吟香阁主人的《羊城竹枝词》。

试看王士禛的广州竹枝词四首:

海珠石[①]上柳荫浓,队队龙舟出浪中。

---

① 海珠石:宋末被称为海珠洲。传说有一位胡商在江心掉落一颗径长一寸的明珠,后来这颗明珠化作石头,因此而得名海珠洲。《广东新语》载:"海珠在越王台南,广袤数十丈,东、西二江水环之,虽巨浪稽天不能没……上有慈渡寺,古榕十余株,四边蟠结,游人往往息舟其阴。"此石已于20世纪30年代被炸,原址与珠江北岸连成一片。

民国时期的海珠石

一抹斜阳照金碧，齐将孔翠①作船篷。

梅花已近小春开，朱槿红桃次第催②。
杏李枇杷都上市，玉盘三月有杨梅。

佛桑花③下小回廊，曲院深深牡蛎墙。
细爇海沉银叶火，金笼倒挂成收香。

潮来濠畔④接江波，鱼藻门⑤边净绮罗⑥。
两岸画栏红照水，蜑船争唱木鱼歌。

---

① 孔翠：清王世祯《皇华纪闻·竞渡》载："广州俗尚竞渡，盛时以白鹤翯、孔雀尾、翡翠羽饰船篷。……每斜阳照耀，金碧烂然。"
② 次第催：相继开放。
③ 佛桑花：《祖庭事苑》记载："干叶如桑，花房如桐，长寸余，其色红，似重台莲座，故得佛桑之名。其单叶深红者名照殿红。"
④ 濠畔：市场名，在今广州市内的清水濠。
⑤ 鱼藻门：即安澜门，南汉时称鱼藻门，在南关附近。
⑥ 净绮罗：洗衣服。

再看被誉为"于经史词章之学无所不贯"却几乎死于文字狱的杭世骏（号堇浦）的珠江竹枝词三首：

> 树里歌声水面腔，阿侬①生小住珠江。
> 凌波只恐尘生步，不着鸦头袜②一双。

> 论斛量珠买得无，鱼珠争及蚌珠粗？
> 若将江作珠胎比，侬是江心一颗珠。

> 海珠寺③外月如银，肯照三更倚舵人。
> 妾是水萍郎堕絮，天生一样可怜春。

还有清朝梁绍壬《两般秋雨盦随笔》中，录有新会人李环浦的《珠江竹枝词》四首：

> 古墓为田长素馨④，素馨斜外草青青。

---

① 阿侬：古代吴人的自称。我，我们。
② 鸦头袜：拇趾与其余四趾分开的一种袜子。
③ 海珠寺：海珠石上有慈渡寺，宋李侍郎昂英读书处。寺有李公祠，面丹霞台，下瞰江水，北带羊城，估舶渔艇，往来如图画，为粤人竞渡之所。寺今不存。据2012年4月7日《羊城晚报》：1930年陈济棠建广州，填江扩建江东堤，炸海珠石，其上建筑尽毁。其址或在今长堤海珠大戏院至广州少儿图书馆之间的沿江路段。
④ 素馨：常绿灌木，花似茉莉，而四瓣尖瘦。其种来自西域，《南方草木状》称之曰耶悉茗。

采茶人唱花田①曲，舟泊桥边隔树听。

梦回斜日透窗纱，新试盘头顾港茶。
岸上不如船上乐，青山绿水是儿家。

船泊沙头莫便开，卯潮才退午潮来。
试看鱼藻门前水，流到滘洲②也却回。

黄木湾③深粉蝶飞，白鹅潭涨锦鳞肥。
今朝正好游花埭④，玫瑰花开夹紫薇。

在《两般秋雨盦随笔》卷五中还有一则这样记述：

岭南竹枝词多矣，余最爱彭羡门先生一首云：

---

① 花田：见屈大均《广东新语》："素馨斜，在广州城西里三角市，南汉葬宫人之所。有美人喜簪素馨，死后遂多种素馨于冢上，故曰素馨斜。至今素馨酷烈，胜于他处。以弥望悉是此花，又名曰花田。"
② 滘洲：在今广东广州市东南郊，珠江北派南岸。原名琵琶洲，后名滘洲。《方舆纪要》卷101：琵琶洲在"府东南三十里江中，上有三阜，形如琵琶。闽浙舟楫入广者，多泊于此"。
③ 黄木湾：位于狮子洋河道内的一个深水湾，清代属鹿步司与菱塘司南北交界的一段河流，古称"黄木湾"。
④ 花埭：位于广州城区西南隅，现属于芳村区。其早先为河滩草地，自明代起有居民在此开荒种花，初名花埭，后谐音改称花地。明清以降，此地多文人墨客驻足雅赏，清代诗人张维屏有《泛舟花埭》、黄遵宪有《花埭纳凉》诸诗，而康有为则有"千年花埭花犹盛"的诗句。

"妾家谿口小回塘，茅屋藤扉蛎粉墙。记取榕阴最深处，闲时来坐喫槟榔。"风韵独绝，绰有古音。

以上那些竹枝词，大多出自名家手笔，确实写得细腻和深情，不能不说是广州竹枝词中的佼佼者。

2　羊城竹枝词

《羊城竹枝词》的作者则不同，大多是不怎么知名的。全集共有作者151人，作品489首。这些词反映广州的风土人情、社会生活是很广泛的，除儿女私情外，还描写了疍家生活、四时果品、丰富水产、除夕花市、穗市轶事、御外豪情、五羊风貌等。

> 婉转离筵唱竹枝，竹枝唱罢起相思，
> 相思情似珠江水，江水潮生无尽时。

黄绍勤这首竹枝词，写的是离愁别思，它用"顶真"格，恰当地表现了这种回环曲折的心情。

广州竹枝词描写爱情的很多，大多能抓住情真意深这一点来描写。如：

越王台①下种相思，种得相思子满枝。
采采相思寄何处？相思愁煞冶春时。

（吴炳南《羊城竹枝词》）

泮塘几日暖风吹，莲叶莲花出水时。
折得红莲一枝笔，归来无处写相思。

（刘昌期《羊城竹枝词》）

清人梁绍壬在《两般秋雨盦随笔》中写道：

粤俗好歌，……歌辞不必全雅，平仄不必全叶，以俚言土音衬之，唱一句或延半刻，曼节长声，自回自复。词必极艳，情必极至，使人喜悦悲酸而不能已已。……往往引物连类，委曲譬喻。

这些记述对于广州竹枝词的唱法和用语也是适合的。同时，他还记录了一些竹枝词：

木棉树下妹相思，不作风流到几时？

---

① 越王台：今越秀山又名越王山，因南越王赵佗而得名，山上建有越王台。元代以前，越王台是越秀山最高、最宏伟的建筑，文人墨客在此留下了不少篇章。南宋文天祥被元军俘虏北上，路经广州时曾写下"登临我向乱离来，落落千年一越台"之句。越王台又称越台（粤台）。每到秋天夜晚明月朗照，山上松涛绿浪，"粤台秋月"由此而生。

只见风吹花落地，那见风吹花上枝。

岁晚天寒郎未回，厨中烟冷雪成堆。
竹篙烧火长长炭，炭到天明半作灰。

柚子批皮①瓤有心，小时则剧②到如今。
头发条条梳到尾，鸳鸯怎得不相寻？

大头竹笋作三桠，敢好③后生无置家，
敢好早禾无入米，敢好攀枝无晾花。

还有收录在《中华全国风俗志·上编》卷八《广东》中作为"粤俗好歌"例子的两句：

灯心点着两头火，为娘操尽几多心。

---

① 批皮：削皮。
② 则剧：嬉戏作乐。《朱子语类》卷104："此等议论，恰如小儿则剧一般。"宋刘克庄《贺新郎》词："生不逢场闲则剧，年似龚生犹夭，吃紧处无人曾道。"
③ 敢好：如此好。

3 风景·风情·风俗

最能反映岭南风土人情的竹枝词,除描写男女思情外,莫如描珠江、南国特产的荔枝、花地的花、花市以及广州河南茶村的茶。

试看冯询《珠江消夏竹枝》其中一首:

薯莨衫窄笠丝堆,装束随宜笑口开。
午睡乍醒魂梦脆,绝清三字荔枝来。

诗人描绘了一幅具有岭南乡土特色的图画:珠江河畔的小艇上,时值中午,江风抚人昏昏欲睡,突然一声清脆悦耳的叫卖声把人惊醒:"荔枝来啦!""荔枝来啦!"循声望去,只见一位打扮入时的疍家少妇,身穿赤色的胶绸抓腰衣裳,身材窈窕,发髻上还戴上一个漂亮的髻笠,满脸笑容地坐在船尾,船上满放绛红欲滴的荔枝,她一边轻轻地棹着船桨,一边叫卖……请看,赤、白、青、红、褐等斑斓的色彩,声、情、貌自然地融为一体,这样的生活图景美不美?

其实,这种情景,直到20世纪50年代初还存在着。那时广州的荔枝湾,在不怎么宽阔的河面上,小船如梳如齿地排列，有花艇、艇仔，还有一种仅坐两个人的船身窄窄的像蜻蜓似的"蟛尾"，供游河的人租用。午后，这些供人游河的船只很快就分散在珠江河面上，这时各种小贩的船只带着他们的叫卖声，穿梭在各游艇间，其中就有这种专卖荔枝的小艇。

广州的荔枝不只在艇上卖，早在农历四月上旬就可在街头见到。郭梦菊诗云："未摘龙牙开口笑，先尝犀角沁诗脾。""犀角子"或称"玉荷包"，广州称之为"三月红"。竹枝词亦有记：

粟米香瓜并熟时，村南村北子离离。
儿童共唱新蝉叫，四月街头卖荔枝。

（谭莹《岭南荔枝词》）

再看另一幅画面：

看月人谁得月多？湾船齐唱浪花歌。
花田一片光如雪，照见卖花人过河。

（何梦瑶《珠江竹枝词》）

绕城骀荡柳毿毿，映水女儿红汗衫。
向晚榕花春浪软，香云先渡白鹅潭。

（黎简《广州歌》）

这两首竹枝词，都是写花农进城卖花的情景。

第一首的作者何梦瑶是雍正进士，官至知府，为官廉洁，平生著述极丰，是南香诗社中比较杰出的一位。第二首作者黎简生活于乾隆年间，他的诗在当时名气很大，被评为"峻拔清峭，刻意新颖，言人所不能言"（王昶《湖海诗传》）。两位诗人都一齐看中了花农进城卖花这一情景，可见这是当地很有代表性的生活画面。

丰子恺《买花》

广州是花的城市。广州春节除夕有个习俗：行花街。万花齐汇，万人争赏，万人选购。万紫千红的鲜花，热热闹闹地浮游在广州市的大街小巷里，高高兴兴地走进了千家万户中。竹枝词的作者，把这一动人风貌写进自己的诗里：

铜壶①滴漏夜无声,爆竹如雷响满城。

贴罢挥春②人小醉,卖花听唱到天明。

(倪云癯《羊城竹枝词》)

19世纪通草画《挥春》

四时不断卖花声,十月绯桃照眼明。

浪说扬州风景好,春光争及五羊城?

(黄绮云《羊城竹枝词》)

---

① 铜壶:古代记时用的铜制刻漏器。唐温庭筠《鸡鸣埭曲》诗:"铜壶漏断梦初觉,宝马尘高人未知。"
② 挥春:粤语中又称春贴,在新春和立春时使用的一种传统装饰物,是把贺年的吉利字词用漂亮的书法写在纸上,贴到墙或门之上,祈求好运降临。挥春和春联最大的区别,是春联一般是成对的对联,讲究对仗平仄,而挥春多是四字词语,甚至可能只有一两个字。

待到春来，又是另一番景象：

> 桥东桥西人踏歌，濠北濠南人踏莎①。
> 一江春水绿于染，江水绿烟吹柳波。
>
> （谭敬昭《珠江竹枝词》）

从前广州市西关一带属郊区，连现在的沙面也属郊区，即所谓城西外。市内有4条大濠涌纵横交错，涌水清清，濠涌上遍架小桥，是当时市内重要的交通水道。市内的人去郊游，可以坐在小船上，由濠涌的水道直通到沙面的东桥和西桥。游人到这里，听到桥下疍家人唱的歌，看到碧绿江水好像把柳波涌两岸的绿树染得更绿了。

广州是花的城市，也是四季果品不断的城市：

> 羊城浸在果香中，朱橘黄柑椰味浓。
> 香蕉菠萝胭脂果②，如玉葡桃荔枝红。

在广州市可以品尝到南方众多的水果，如花地冰花

---

① 踏莎：古代民间盛行的春天踏青活动。莎，即莎草，一种常见的野草，生长于两广等热带和温带，其块茎入药称"香附"。踏莎是唐宋时期广为流行的活动，又叫踏青，一般在清明节前后。"踏莎行"后成为词牌名，明代杨慎《词品》云："唐韩翃诗'踏莎行草过春溪'，词名《踏莎行》本此。"
② 胭脂果：即山楂，又名映山红果、酸枣，俗称山里红。古代称"楂"或"棠球子"，有药用和食用价值。

杨桃、石马的白核桃子、夏茅的桂花香芒、土华的花壳龙眼、罗岗的甜橙、大塘的红顶石榴、谭州的脆皮甜蔗，有广州谚语提到的"饥食荔枝，饱食黄皮"的鸡心黄皮，以及泮塘四秀中的菱角和马蹄等等，真是举不胜举。

过去广州河南有33个茶村，多栽花种茶，称"河南茶"。谭敬昭《珠江竹枝词》有记：

几处春烟横断霞，满江春水飞杨花。
一百五日寒食后，三十三村人卖茶。

因此广州许多人家的女孩子，自小就跟母亲学采茶，《羊城竹枝词》的紫藤女史写过"自小从母学拣茶，强伸纤指摘春芽"的诗句。这种描写广州采茶女的生活和思想感情的歌是很多的，还有专门的"采茶歌"。每年春天踏青的时候，游人都可以看见一队打扮得漂漂亮亮的女孩，听到她们唱这"采茶歌"。屈大均《广东新语》就记述了这一情景：

粤俗，岁之正月，饰儿童为彩女，每队十二人，人持花篮，篮中燃一宝灯，罩以绛纱，以絚①为大圈，缘之踏歌，歌《十二月采茶》。

---

① 絚：也作筥，竹制家具，圆形平底，有边沿，可盛物。大者称大絚，小的叫细絚。

竹枝词中描写采茶歌的如以下两首：

青青茶树发新柯，密叶声中春雨多。
今日晴明天气好，隔山齐唱采茶歌。
　　　　　　　　　　（胡鹤《羊城竹枝词》）

附郭烟村十万家，家家衣食素馨花。
花田儿女花为命，妾独河南歌采茶。
　　　　　　　　　　（刘昌期《羊城竹枝词》）

有种茶就有卖茶，请看清朝光绪年间胡子晋的《广州竹枝词》：

左便西园都统衙，点心款式竞相夸。
六榕寺①内榕亭上，和尚居然学卖茶。

如果我们撇开词中嘲笑六榕寺住持铁禅在寺内设榕荫园卖茶、把佛场变成市道这一点看，那和尚卖茶也应是受当时广州时尚的影响。

---

① 六榕寺：广州四大丛林之一，位于今广州市六榕路上。始建于南北朝梁代，初名宝庄严寺。北宋时更名为净慧寺。宋苏轼曾来此游览，见寺内有六棵古榕树，挥笔题写"六榕"两字，明代始称六榕寺。寺内主要建筑有花塔、观音殿和六祖堂等。

民国时的六榕寺花塔

然而，最富于岭南风俗情调的，还要数传统节日。比如农历正月初一的过年（春节），那是盛大的节日。"爆竹一声到处春，何家何户不更新？油糍糕粉安排备，遗此年茶馈友亲。"这热闹的场景已经有许多笔墨描绘过了。现在我们看看元宵节：

鱼灯万颗耀长空，闹热元宵处处同。
顶马①狮龙人物好，衢歌巷舞尽儿童。

（梁绮石《羊城竹枝词》）

---

① 顶马：原指旧时官员出行时仪仗中前导的骑马差役，后也用作举行节礼婚庆出行时的前导，以作炫耀。

元宵箫鼓①韵和谐,火树银花遍六街。
更有鱼灯终夜出,官清民乐举头牌。

(《续岭南即事》)

万盏灯,万千人,万种舞,万乐齐歌,万紫千红的烟花,真是一派万民同乐的景象,而且是每年必这样,年年如此。再看端阳节:

节届端阳小艇多,珠儿珠女竞游河。
海幢②树下凉阴好,半泛蒲觞③半听歌。

(梁绮石《羊城竹枝词》)

浴罢兰汤到处游,何人不爱看龙舟?
荔枝湾上多佳景,水面飙凉夏亦秋。

(《续岭南即事》)

---

① 箫鼓:箫与鼓。泛指乐奏。
② 海幢:指海幢寺,位于珠江南岸,清代著名佛教圣地。《广东通志》:"海幢寺在河南,盖万松岭福场园地也。旧有千秋寺,南汉所建,废为民居,僧光牟慕于郭龙岳,稍加葺治,额曰海幢。"清康熙年间,海幢寺得平南王尚可喜的支持,寺庙建设规模扩大,先后建筑了天王殿等主体建筑,并扩大面积。时任广东提刑按察使司关中王令撰文铭记:"遂于丙午之夏,首建大殿,广七楹、高三寻有咫,矢棘肇飞,碧绀万状,望若天半彩霞。殿后右角,则地藏之阁,耸峙巍峨。八角钟台,声彻云表……如是而海幢之壮丽,不独甲于粤东,抑且雄视宇内。"至清乾嘉时期,海幢寺园林面积北至珠江、南至万松岭,成为广州营建规模最大的佛教园林,5倍于光孝寺。当时文人盛行在此会客、饯行等。
③ 蒲觞:端阳节喝菖蒲酒以去除瘟疫之气。

广州海幢寺正面入口(顺呱)

既有龙舟竞渡的欢腾场面,也有在阴凉处举杯"听歌"的闲情雅趣。

细腻工巧的风俗画面,更表现在农历七月初七日的乞巧节里。番禺人汪琼写过一组《羊城七夕竹枝词》,现摘其二首:

> 越王台畔雨初停,几处秋光到画屏。
> 好是罗云弦月夜,家家儿女说双星。
>
> 十丈长筵五色光,香签金翠竞铺张。
> 可应天上神仙侣,也学人间时世妆[①]。

---

① 时世妆:入时或时髦的装饰打扮。见唐白居易《时世妆》诗:"时世妆,时世妆,出自城中传四方。"

梁绮石写的羊城竹枝词云：

乞巧楼前设寿筵，错陈瓜果迓天仙。
胡麻点砌谁家好，绣履妆盘件件鲜。

这是写乞巧节的大场面。七夕，在长街短巷里，用方桌拼摆为一长桌，桌上摆满了瓜果、灯烛以及刺绣的用品，如针、剪、丝网、丝线、绣花架等，还有五色米、瓜仁、豆类、花生等，间中还有直径数尺的"织女梳妆盘"，内有胭脂水粉之类的东西，镜子、衣服、饰物、折扇等。

旧时女子乞巧

届时，各妇女在桌前显功夫，有刺绣的，有做衣服的（小件，模型式的），有的用各式丝绸布料制作各种小工艺品，有的用五色米、豆类、花生制作彩灯、人物、花塔以及各种工艺造型等等。有些工艺品事前已制作好,有的则是当夕制作。凡制作好的工艺品都列于桌上,以玲珑酷似为美,以手工精巧者为荣。当夕临街,互相欣赏手艺,并嬉笑其间。

如果我们避开热闹的斗工争巧的场面,留心那不惹人的一角,或者可以看到乞巧节中另一个抒情的场面:

侬家七夕惯迎神,一任檀郎①看独真。
早约靓妆同坐守,帘前娇唤卖花人。

(张品桢《羊城竹枝词》)

4 讽喻与针规

有些竹枝词比较深入地反映另一面的现实生活。过去广州旧城外烟赌林立,其中比较出名的是城西外的金沙滩一带,即现在荔湾区带河路附近及其西面,嫖、赌、饮、

---

① 檀郎:晋代潘岳小字檀奴,因其容貌美好,风度潇洒,为当时众多妇女心仪的对象,后世遂以"檀郎"作为妇女对夫婿或所喜欢的人之美称。

吹①样样俱全。在清代同治光绪年间的《岭南即事》②载有羊城青楼竹枝词云:

> 金沙滩过带河基,妓女无过价一厘。
> 赌馆排场烟馆旺,打围烂仔③笑微微。

> 竹枝吟罢暗伤神,转眼烟花莫认真。
> 寄语羊城游冶客,回头便是急流津。

还有一首竹枝词,收集在鲜为人知的《破涕文章》里:

> 出城散步上西关,滩好金沙去不还。
> 劝君莫去抓四味,阎王拖你无得嚿④。

嫖、赌、饮、吹这"四味"诱惑人,到那里千万别下水,一下水恐怕你很难干干净净、清清白白地回来,甚至不能回来。

---

① 吹:当时指抽大烟、抽鸦片。
② 《岭南即事》:清代何惠群所著,主要记载广东各地的民情风俗、传闻逸事以及竹枝词等。何惠群,字和先,号介峰,广东顺德人。清嘉庆十四年(1809)进士,曾任浙江新昌知县,因不忍催科逼粮,托病辞归,长居广州讲学。著有《饮虹阁诗钞》。所作粤讴俚词风靡闾巷。兼擅象棋,时称"国手"。
③ 烂仔:亦作烂崽,流氓,不务正业和为非作歹的人。
④ 嚿:返回,回来。

19世纪通草画《赌场图》

以劝诫为主题的竹枝词，其实也包含了自我勉励的因素，同时也反映了世俗人间一种世界观。《广东文献》第3卷第1期中，刊登了缪艮的《俗语竹枝》17首，也是这方面的竹枝词，现摘录7首如下：

> 我若贫时亦不妨，时来顽铁也生光。
> 瓦片尚有翻身日，轰轰烈烈做一场。

> 公门①里面好修行，半夜敲门不吃惊。
> 善恶到头终有报，举头三尺有神明。

> 人生何处不相逢，昨日今朝大不同。
> 万事不由人计较，骑牛撞见亲家公。

---

① 公门：古称国君之外门为公门，后借指官署、衙门。

石崇①豪富范丹②贫,莫道无神却有神。
阴地③不如心地好,皇天不负苦心人。

莫怨他家井底深,知人知面不知心。
光阴似箭催人老,一寸光阴一寸金。

兄弟同心土变金,大树底下好遮阴。
逢人只说三分话,未必他心是你心。

只重衣衫不重人,一朝天子一朝臣。
贫居闹市无人问,富在深山有远亲。

  这些竹枝词,运用了大量俗语,写出了人们的一些际遇和心境,也可说是那时代人生经验的总结。陈方绥在1987年出版的《诗词》报第3期中,发表了竹枝词3首,更是反映20世纪80年代的城市新事。

---

① 石崇(249—300),字季伦,晋代南皮(今河北南皮东北)人。累官至荆州刺史,以劫掠客商而致豪富。在河阳营建金谷别墅,室宇富丽堂皇,姬妾有百数十人,都穿五彩刺绣绸缎,佩带上等金玉耳环,管弦乐器都是当时名选,酒食盛馔极尽水陆奇珍异味。八王之乱时与齐王司马冏结党,为赵王司马伦所杀。
② 范丹(112—185),一作范冉,字史云,东汉陈留外黄(今河南民权)人。后遭党锢之祸,推着鹿车载妻子儿女,靠捡破烂维持生计,住在旅馆或者树下,十余年后才盖了一间单薄简陋的草房居住,有时粮食吃完了,生活没有着落,也神态自若。邻里编歌谣唱道:"甑中生尘范史云,釜中生鱼范莱芜。"
③ 阴地:坟地,阴宅。

写皮包公司的:

> 皮包袖里乾坤大,开办公司不费钱。
> 但得贪愚吞钓饵,瞬间万贯上腰缠。

写某些城市执法人员的:

> 只须臂挂布红章,便是堂堂执罚娘。
> 产业排行称第四,经营遍及七三行。

写广州三元宫趣事的:

> 太乙①今朝是诞辰,高烧红烛紫檀熏。
> 进香男女团团转,都是西装革履人。

竹枝词流传已有1000多年了。广州竹枝词如果从明代算起,也有近400年的历史了。在几世纪的时间长河里,竹枝词被磨炼成一支神奇的画笔,饱蘸着珠江水,以斑斓的色彩、柔美的笔触,描绘出一幅幅散发着浓郁乡土气息的南国风情画。

---

① 太乙:太乙真人,也称"太乙救苦天尊",在道教经典和仪轨中是重要的救度神,举凡度亡、上天堂、下地狱等,都需要借助他才能达成。也有道教经典指太乙真人是元始天尊的分身,居住在"东方长乐世界",有无穷尽的化身,随人们如何称呼他而现形,即"物随声应"。

附

《粤讴》(节录)

[清]招子庸

方言凡例

唉 於開切音哀又英皆切音挨

哩 音里語餘聲无人詞曲借為助語

唎 同上

咯 力各切音洛助語

啫 鄭入聲助語

囉 羅去聲語餘聲

罷 巴去聲語餘聲

呀 鴉去聲喚人喚物之聲

咁 甘去聲

呢 原呢喃之呢音尼方言你平聲

吟 等介切方言俾也

咕 沽上聲方言猜也與估同

吓 下上聲

唔 方言不也

嚟 音黎方言來也

嗌 挨去聲口舌相爭曰—

鬧 口舌相罵曰—

冇 音毋方言無也

乜 方言甚麼也

搵 溫上聲方言尋覓也

弹 音櫃方言譏誚也

惱 天倫切方言發怒也

呢吓 方言此刻也

呢陣 方言此時也

呢囘 方言此後也

吽 牛去聲方言拙也

呆 外平聲方言拙也

笨 披去聲方言拙也

啿 聽禁切以甜言騙人曰—

攞 羅上聲以手取物曰—

艮 銀去聲牽扯不斷曰—

一遍 方言一次也

一囘 同上

一勾 同上

呢處 方言此處也	一賑 同上
箇處 方言彼處也	也野 方言何事也又甚麽東西也
邊箇 方言何人也又那箇也	丟抛 方言放離也
邊處 方言何方也又那處也	丟開 方言放開也
丟手 方言分手也	撥埋 方言坎攏也
罷手 方言脫手也又了局也	將就 方言將已就人也
埋堆 合而成堆曰——	點樣 事難定曰——
埋羣 合而成羣曰——	點算 事難籌曰——
咁耐 耐久也方言日子如此久也	唔該 方言不該也

幾耐 方言日子有幾久也	昏君 方言罵人昏迷不醒也 與瘟君同
費事 方言費心事也又大費	就手 方言應手也
肉緊 緊急也方言心急以致皮肉皆緊也	冇味 方言無意味也
著緊 方言心著急也又著力也	假柳 方言俱作假也
人地 方言別人家也	假意 方言掛帛也
我地 方言我們也	擲紙 方言掛帛也
唔通 方言莫非也	頻撲 獨數飛也今方言人之辛苦勞碌皆曰——
員屭 原介名方言開繁猶鬱抑也	災瘟 二字俱不祥方言罵人物曰——
瘟瘛 方言昏迷也	瘟屍 方言罵人甚言如——也

解心唱引

合士合士合合　上合士上上　尺工尺上士合士合合上
六工六尺工六五　尺工尺上士尺工　工尺上工尺
六工尺工六　五六工六　尺上工尺
仕仕仕　五六工五　工上工六
士合上　六工尺六六　尺上工尺上
士上尺工尺　士合上尺工　尺工上上
士合上　士合上　合仕合
六工尺工尺上　士合上　　
工工尺　士上上　　
士合士上上　六工尺工士尺　　
士上合士上　上工尺工尺　　
工工尺乙士尺　工尺工尺　　
工士乙合士尺　工尺士　　
士合仕士合合　乙尺乙尺乙士合　　
　　工尺工合仕合

解心事

心各有事總要解脫為先。心事唔安解得就了然。苦海茫茫多半是命蹇。但向苦中尋樂便是神仙。若係愁苦到不堪真係惡笑。總好過官門地獄更重哀憐。退一步海闊天空就唔使自怨心能自解真正係樂境無邊。若係解唔得通就講過陰隲個便噉凡事檢點積善心唔險。你睇速報在來生近報在目前。

又

心事惡解。都要解到佢分明。解字看得圓通萬事都畫輕。我想心事千條就有一千樣病証。總係心中煩。極講不得過人聽大抵癡字入得疤深都係情字染病。唔除癡念就係妙藥都唔靈花柳場中實易迷却本性溫柔鄉裏總要自出奇兵悟破色空方正是樂境長迷花柳就會陶落愁城唉須要自醒世間無定是楊花性總係邊一便風来就的一便有情。

揀心

世間難揾一條心得你一條心事我死必要追尋一面試佢真心一面防到佢嘿試到果實真情正好共

佢酌斟㗎、吓㗎到我地心虛個、都防到薄行就
俾佢真心來待我、都要試過佢兩三句我想人客
萬千真吟都冇一分。個的真情撒散重慘過大海撈
針。況且你會搵真心人地亦都會搵真心人客你話
够幾個人分、細想緣分各自相投唔到你着緊安一
吓本分各有来日你都切勿義人

　唔好死

唔好死得咁易。死要死得心甜。恐怕死錯番来你話
點死得遍添有的應死佢又偷生真正生不顧面有

的理唔該死實在死得衰憐我想錯死與共偷生真
正羞渾好逯一則被人辱罵一則惹我心酸大抵死
得磊落光明就係生亦有咁顯你睇忠臣烈女都在
萬古留傳自古女子輕生都係情字引線關頭打破
又要義字為先情義兩全千古罕見唔在幾遠你睇
紅樓夢上三姊與及柳湘蓮

聽春鶯

斷腸人怕聽春鶯語撩人更易斷魂。春光一到已自撩人。恨鳥呀係重有意和共碎我心人地話鳥語可以忘憂我正聽佢一陣你估人難如鳥定是鳥。不如人見佢恃在能言就言到妙品。但逢好境就語。向春陰點得鳥呀你替我講句真言言過個薄倖又怕你言唔關切佢又當作唔聞。又點得我魂夢化作鳥飛同你去搵搵着薄情詳講重要佢回音唉。真欲緊做夢還依枕但得我夢中唔叫醒我我就附着你同行。

思想起

思想起就含悲不堪提起箇箇薄倖男兒起首
相交就話無乜變志估話天長地久咯共你兩相
依我想才貌楝到如君亦算唔識錯你枉費我往日
待你箇副心腸你就捨得把我別離今日只怨我命
抵唔敢怨君呀你有義捨得我係桂苑名花使乜俾
的浪子折枝累得我半站中途丟妹自己若問起後
果前因你我切勿再提咒陣半世叫我再楝過箇知

心都唔係乜易開口就話我係敗柳殘花有乜正果。歸點曉得檜樹根深重要跟到底九泉相會正表白過郎知一定前世共君你無緣故此今日中道見棄。唉真正冇味浮生何苦重寄不若我死在離恨天堂等君你再世都未遲

花花世界

花花世界嚊有乜相干。唉我何苦做埋咁多寃孽事幹。睇見眼前個的折堕吖你話幾咁心寒我想到處風流都是一樣不若持齋念佛去把經看呢囘把情

字一筆勾消我亦唔敢亂想消此孽賬免至失身流落呢處賣笑村塲呢吓朝夕我去拈香重要頻合掌睇透色相定要脫離呢處苦海直渡慈航。

缘慳。

相識恨晚自見緣慳呢吓相逢就别我實見心煩做也相見吡好時相處都有限今日征鴻兩地怨孤單做女個陣點知流落呢處受風流難夜夜雖則成雙我實在見單當初悔不聽王孫諫欲誤迷花債誤落到人間旣落到人間須要帶眼還要會揀你世上惜花人

亦有限但係好花扶得起就要曲意闌阑。

離筵

無情酒餞別離筵臨行致囑有萬千千佢話分離有
幾耐就有書回轉做乜屎指如今都有大半年我相
思流淚又怕人偷偷睇見你箇無情何苦得咁心偏
我只話日夜丟開唔掛念獨惜夢魂相會又試苦苦
相纏叫我點能學得佢雙雙飛燕哎佢唔飛亂秋去
春回轉呢喃相對細語花前。

訴恨

偷偷嘆氣此恨誰知自從別後都冇信歸期呢番憔悴都係因君你教奴終夜夢魂癡唉前世想必唔修至會今日命鄙注定紅顏係咁孤苦唔知苦到何時鬫我背人偷抹腮邊淚恐憂形迹露出相思總係無計丟開愁一箇字唉真正有味天呀我想你呢會生人總有別離。

　　辮癡

難為我辮是癡情情到癡迷有邊一個醒世間多少相思症但有懷春不敢露形叫佢含羞對面點把絲

心

心只一個點俾得過咁多人。點得人人見我都把我來憎個陣我想著風流亦都無我份。縱有相思無路去種情根恨只恨我唔知邊一樣唔得人憎故此人地將我咁恨佢一個共我交情就個一個死心累得我一身花債欲把情人問唔通寶玉是我前身唉我話情種都要佢有情根方種得穩若係無緣癡極亦

難訂真正有口難言苦不勝大抵都係少年兒女性。心唔定所以咁多磨滅事咁難成。

误了残生唔信你睇眼泪重有多得过林黛玉姑娘。自小就癡得个宝玉咁紧真正係冇忿就俾你係死心亦不过乾热一阵佢还清个的眼泪就死亦不得共佢埋葬。

嗟怨薄命 九五

人寂静月更光明慾海情天嘗的孳債未清離合悲歡雖則係有定做也名花遭際總是凋零你睇楊妃玉骨埋山徑昭君留墓草青青淪落小青愁甲影十娘飲恨一水盈盈大抵生長紅顏多半是薄命何況我地青樓花粉更累在癡情既係做到楊花多半是水性點學得出泥不涤都重表自己堅貞只怕悲秋桐葉飄金井重要學寒梅偏捱得雪霜凌我想花木四時都是樂境總係愁人相對就會飲恨吞聲嘵

須要自醒命薄誰堪証不若向百花墳上訴吓生平。嗟怨薄命對住垂楊送舊迎新都係箇對媚眼一雙見佢迎風嬝娜箇的纖腰樣又見佢雙眉愁鎖恨偏長青青弱質都是憑春釀獨惜被人攀折你話怎不心傷捨得我唔肯嫁東風我心都冇異向偏要替人擔恨在去國離鄉若問情短情長都是寬尊賬恐怕離愁唔捱得幾耐風光斷我癡心一點付在陽關上。輕蕩漾身後唔禁想不若替百花乘淚化作水面飄楊。

嗟怨薄命對住荷花點能學得你出水無瑕記得才子佳人來買夏亭亭玉質好似閒苑仙葩當時得令高聲價千絲萬縷嗱咁繁華水月鏡花唔知真定假秋風殘葉唔知落在誰家情種情根唔知何日罷唉真可怕水火難消化或者蓮花咒缽正化得我地孽海根芽。嗟怨薄命對住梧桐飄零一葉怨秋風嫩綠新枝情萬種曾經疎雨分外唔同蕭疎偏惹騷人夢詩人題詠在綠陰中若係知音便早帶佢去亭邊種漫到焦

時始辦桐恨只恨佢一到秋来隨處撥弄惹起人愁
問你有也甚功大抵憐香惜玉你必先動恐怕吹殘
弱質你早把信音通細想名花有幾朶擢得霜花重
唉你心錯用提起心腸痛自古經秋唔怕老只有澗
底蒼松
嗟怨薄命對住寒梅點能學得你獨占花魁冰肌玉
骨堪人愛雖然傲骨到處能栽高插你在胆瓶我羞
作對晶瑩玉質問你幾世修来獨抱芳心沉在孽海
亦都係柳絲蓮性碧梧胎我想名花未必終肯被遊

蜂样须忍耐留得青山在還清花債依舊可以到得蓬萊

真正攞命 凡六

將我品性想吓生平對住皇天我要問佢一聲做乜
佢風中弱絮飛無定做乜我水上殘花又洗不清人
在風月場中尋出樂境做乜我在烟花叢裡築起愁
城好似小青照不出前生影就把彌天幽怨一力擔
承實在無藥可醫心裏病誰肯做証我自招還自認
係唎攞人條命都係箇一點癡情

真正攞命却被情牵一缄春恨唔知向乜谁言。虽乃係绿柳多情牵紧弱线總係蓮臺春老望絕寒烟縱有才人賞識我的春風面皆因同病故此相憐你話淪落在呢處風塵誰不厭總係殘紅飛不出奈何天。敢就飄零一樣好似離巢燕唉風又亂扇失路在林間剪敢就一生埋没莖在花田。真正攞命却被情牽共你海誓山盟當一念差面頭好夢都如畫好似水中明月鏡中花我梅魂虛把東風嫁到底孤負多情尊綠華累我不定心旌難以放下料應條命死在君家人前我亦未敢分明話唉君你偷偷想吓底事真和假我望你早乘秋水泛月中櫨。真正攞命却被情招惹我浮萍無定係咁浪飄搖君你青衫濕後我就知音渺縱有新詞羞唱到念奴嬌。恨只恨楊柳岸邊風月易曉你話何曾夜夜是元宵。月落烏啼人悄悄真正雲散風流好似落潮共你相思欲了唔知何時了唉心共照苦把皇天叫天呀做乜箇一箇纏綿就向箇一箇寂寥。

真正攞命却被情魔共你私情太重都係錯在當初。
今日芙蓉江上無人過我玉鏡憑誰畫翠娥呢面殘。
燈斜月愁無那縱有睇魔迷不住我帶淚秋波敢就
雨暗巫山春夢破好似鷓鴣啼切苦叫哥哥你一擔。
相思交俾過我唉真正恨錯天呀你亦諒憐憫我地
兩箇做也露水姻緣偏會受此折磨。
真正攞命却被情傷做也知心人去話偏長話起別。
離兩字我就三魂蕩第一傷心還在過後思量今日
秋水簾葭勞妹盼望所謂伊人在水一方點得再會

共哥有期你心冇異向等我生為蝴蝶死作鴛鴦或者在地在天消此孽賬唉心欲喪不能無此想你聼海天無際只剩一寸柔腸

花本一樣凡二

花本一樣點曉得世態炎涼。對住情人分外香可惜花有妙容難道奴就薄相做也看花人懶看妾人忙。花開歲歲都是花模樣花亦憑天為佢主張可惜在花月塲中揑盡的苦況就冇一箇惜花人似得水咁情長溫香美滿都是成虛想花亦似憐人孤寐伴佢戒雙人話奴貌勝花都是過獎就俾你如花美眷。願亦難償花花世界都是情根強花敢樣重還不了風流賬點得我早日還完花債共你從良。花本一樣憂樂佢都唔知。佢話落花還有再開時恐防春老東君棄落後馬能再上枝来春雨露自有来春意若再等到来春雖係鮮花咁好未必無人理須防開透被蝶蜂欺你芳心檢點去尋知己唔係嘩你探花人緊記總係百花頭上莫折錯薔薇。

薄命多情

天呀你生得我咁薄命乜事又生得我咁多情情字重起番来萬事都盡輕我想人世但得一面相逢都係前世鑄定況且幾年共你相好點捨一吓就分清人地見我待得你咁長情都重愁我會短命我想情長就係命短亦分所當應呢吓萬樣可以放心单怕郎有定性怕你累我終身零落好似水面浮萍點得撇却呢處煙花尋一個樂境個陣你縱然把我辜負我都誓願唔聲想我女子有咁真心做乜月你唔共

我照應重要多煩你撮合呢。變免得使我咁零丁。我
兩個痴夢痴得咁交關未知何日正醒唉真正瞓在
過共你同交頸做乜望長望短大事總唔成。

難忍淚

難忍淚灑濕蓮枝。記得與君聯句在曲欄時。你睇粉
墻尚有郎君字就係共你倚欄相和個首藕花詩。今
日花又復開做乜人隔兩地未曉你路途安否總有
信歸期蓮筆叫我點書呢段長恨句愁懷寫不盡好
似未斷荷絲今日遺恨在呢處曲欄。提起往事唉想

起就氣睇住殘荷凋謝咯我就想到世事難為。

瀟湘雁

瀟湘雁寄盡有情書衡陽消息俾做何如。雁呀你䩦聲觸起奴愁緒蔚我夜來殘夢捱到五更餘春衫濕透離人淚叫我點能等得合浦還珠為郎寫不盡相思句唉情又不死握手人何處雁呀我個知心人去你為我帶呢首斷腸詞

同心草

同心草種在迴欄只里移根伴住牡丹點想花事係

咁闌珊春事又咁懶惰好似我共郎兩地隔斷關山。丢奴一去好似孤零雁鴉囉雁你在地北天南重辛苦慣我在青樓飄泊自見心煩天寒袖薄倚憑闌干盼西風簾捲自怨孤單君呀你在歡處不知奴咁切憐我為你眼穿腸斷又廢寢忘飡往日勸你在家唔好拆散點估你江湖飄蕩不肯歸還想起人地咁情哥咁聽妹諫勸我諫哥唔聽就十指偷彈今日人遠在天涯相見有限時常珠淚濕透春衫累得我多愁多病抱住琵琶嘆咲天又欲晚夕照花容減罻呀你摘花係咁容易要想吓種花難。

○花貌好

花貌咁好做乜日日咁含愁人如花面却為郎造咁
好春光勸你唔好洩漏把人虧負要想起吓前頭情
字個種深傷你妹平日揽彤一場春夢點估至今休。
往日估你一個真情今日知到係假柳聽人冷語拆
散我驚儔花房香膩却被蜂侵透做乜銀河得渡就
把鵲橋收如果你敢樣子做人你妹真正惡受唉我
偷睇透你心腸唔似舊君呀你若係冇厘殼氣我死

都要追求

心點怨

心心點怨拆散絲羅。怨一句紅顏怨一句我哥世界。做得咁情長做也偏偏冇結果就把舊時個種恩愛付落江河共你相好到入心又被朋友架禍因愛成仇。你妹見盡許多試睇人地點樣子待君君呀你就回想吓我從頭想過正好共我丟疎吷呀保佑邊一個薄情就好過一個拆隨噯真正冇錯免使枉亦舍個寃受此折磨。

累世

真正累世也得你咁收人枉費你妹從前個一片。心多端掜計你妹情願受困思前想後試睇待薄過你唔曾做乜分離咁耐哩就學王魁嘥薄行我定要問明過一個唆攬你定係自己生心兵行詭路你妹心唔忿唉情可恨一刀斬斬斷兩橛丟開你妹唔使掛恨啋捨得我待郎敢樣子心事愁有個至愛情人。